地味令嬢ですが、暴君陛下が私の（小説の）ファンらしいです。

sasasa

Illustration:Cocosuke

茲助

CONTENTS

地味令嬢ですが、暴君陛下が私の（小説の）ファンらしいです。

プロローグ

――――どうしてこんなことに。

夜が更けても明るさを失わない皇宮の煌《きら》びやかな夜会。

人々で賑《にぎ》わう広間から離れた一室で、侯爵令嬢エリス・トランチェスタは両手を拘束され極悪非道な皇帝の前に引き摺《ず》り出されていた。

社交界の隅でひっそりと埋もれる花のように、〝地味に目立たず〟をモットーにエリスは生きてきた。

今日の夜会でも完璧な壁の花に徹していたというのに、いったい何故《なぜ》こうなったのか。

わけも分からずエリスは眼鏡《めがね》の下の瞳をギュッと閉じて静かに絶望した。

対する皇帝はエリスを見下ろすように玉座に座り、傲慢《ごうまん》な態度で脚を組んだまま、頬杖を突いている。

血のように赤い瞳がギロリと妖《あや》しい光を宿していた。

「お前が侯爵家の令嬢エリス・トランチェスタで間違いないな」

「……はい」

冷酷な皇帝の話はこの国ではあまりにも有名だ。

邪魔者は容赦なく始末し、気に入らない者は息をするように斬《き》り捨てる暴君。そんな皇帝に目を付けられて生き残った者はいない。

地味に目立たず、人様に迷惑をかけぬよう生きてきたのに。自分が何をしたのか見当も付かないまま、エリスは死を覚悟して素直に頷《うなず》いた。

「これにサインしろ」

エリスの前まで来た皇帝は、ずいっと何かを差し出した。

（サイン？　危ない書類に署名をしろってこと？）

ゴクリと喉を鳴らしたエリス。

こんなに高圧的な態度で署名を迫られるなんて、いったいどんな書類なのか。目を向けるのも恐い。

人身売買、売春斡旋《あっせん》、奴隷契約……不穏な言葉が次々とエリスの脳裏に浮かんでは消えていく。

「おい、聞いてるのか。さっさとしろ！」

皇帝に急《せ》かされ、意を決したエリスは目を開けて皇帝の手の中にあるものを見下ろした。

「え……？」

そこにあったのは、エリスがこれでもかというほどに見慣れたもの。

『冷血騎士と王女の秘密のダンスレッスン』

ファンシーなフォントの周囲に舞う花の絵、睦《むつ》み合う男女のシルエットが施された淡いピンク色の装丁。

「えっと……」

鋭い瞳で自分を見下ろす皇帝とは、とてもとても不釣り合いな、ゴテゴテのロマンス小説がエリスの目の前に差し出されている。

「???」

エリスの思考は完全に停止した。

何度瞬《まばた》きしてみても、そこにあるのは間違いなくエリスが趣味で書いているロマンス小説だ。

拘束具を外され、高級そうな羽ペンを持たされたエリスは、自らの著書の前で呆然《ぼうぜん》と立ち尽くす。

「チッ。何をグズグズしている。それが終わったら次はこっちだぞ。いいから早くサインしろ」

舌打ちした皇帝が指した方を見れば、そこには趣向を凝《こ》らした彫刻が施された立派な本棚に、ビッシリと本が並べられていた。

五年前に書いたエリスのデビュー作から、つい最近出した最新作まで。

匿名で寄稿した短編集も、ロマンス小説とは別名義で出した詩集も当然の如《ごと》くその中に収まっている。それも全部きっちり三冊ずつ。

エリスの全てが網羅されたその悍《おぞ》ましい本棚を見て、エリスは眩暈《めまい》がした。

「ふらついてるぞ? 何故こんなに怯《おび》えている? おい、あんまり乱暴にするなと言っただろう! 拘束具まで使いやがって、コイツの手が使い物にならなくなったらどうしてくれる!」

エリスの様子を見た皇帝が、エリスをここまで連れてきた騎士に怒りをぶつける。

「も、申し訳ございません陛下！　至急連れ出せとのご命令でしたので、捕らえるべき罪人なのかと勘違いを……」

「死にたいのか？」

皇帝は氷のように冷たい声で騎士を脅《おど》す。

本気で剣に手を伸ばすその姿を見たエリスは、慌てて声を上げた。

「あ、あの！　サインをすればよろしいのですね、陛下の言う通りにいたしますわ！　ですからどうか穏便に……」

目の前で人の首が飛ぶのを見るは勘弁願いたい。

エリスの言葉に気を削《そ》がれたのか、皇帝は剣から手を離してエリスに向き直った。

そして今度こそ、ずずいっと本を押し付けてくる。

これはもう誤魔化《ごまか》しても無駄だ、と覚悟したエリスは、本名ではなくペンネームで本の表紙にサインをした。

エリスの手から離れた本が皇帝の元に戻る。

「ふん、悪くない」

サインを見て鼻で笑ったかと思えば、皇帝はご機嫌に鼻唄を歌い出す。その様子を見ていたエリスは恐怖を覚えた。

まさか、あの小説の作者が自分だと知られているなんて。エリスからしてみれば、ちょっぴりいかがわしい表現のあるロマンス小説を書いていることは墓まで持っていきたい秘密だ。

羞恥で赤くなる顔と嫌な汗が止まらない。

「飾れ」

秘書官らしき人物が、皇帝の指示でエリスのサイン入り小説を本棚の目立つ位置に飾った。

それを見てニヤリと笑った皇帝は、再びエリスに目を向ける。

「よし、次だ」

相手は暴君。

逆らえば死あるのみ。

羞恥心を極限まで抑え込んだエリスは、逃げ出したくなる思いをなんとか堪《こら》えて数十冊ある本全てにサインした。

紛《まご》うことなき拷問の時間だった。


「それで、この続きはいつ出るんだ?」

ご満悦な様子で最新作を手に取った皇帝がページを捲《めく》りながら問い掛けてきて、エリスはこの状況を理解できないまま、なんとも言えない気持ちで答える。

「えっと……それが実は、父から花嫁修業に身を入れるよう言われておりまして、暫《しばら》く執筆はできないのです」

「なんだと？」

物凄《ものすご》い速さで顔を上げた皇帝が、首筋に血管を浮き立たせて騎士に目を向ける。

「今すぐトランチェスタ侯爵の首を持ってこい」

「ッ!?」

躊躇《ちゅうちょ》なんて微塵《みじん》もない皇帝の命令に、エリスは悲鳴を上げそうになった。

「お、お待ちください！　いくらなんでもそんな……」

「陛下、流石《さすが》に何の口実もなく侯爵の首を刎《は》ねるのはいかがなものかと」

エリスの声に被《かぶ》せるように皇帝の秘書官が横から説得を試みると、皇帝は面倒くさそうに舌打ちをした。

「チッ、まどろっこしいな。エリス・トランチェスタ」

「はい」

向けられた視線にすぐ答えたエリスは、父の首が飛ぶのを避けるためならなんだってしようと覚悟を決めた。

エリスを見据《みす》え、皇帝は命令を下す。

「それならお前は今日から皇宮に住め。帰ることは許さん」

「え……？」

「ジェフリー、ルビー宮を用意しろ」

エリスの困惑など気にも留めず、皇帝は秘書官の男に指示を出した。

「し、しかし陛下、あそこは皇后陛下を迎えるために整備を進めてきた特別な宮殿ではありませんか」

皇帝の秘書官が戸惑いながら抗議すると、次の瞬間室内の温度が急激に低下した。

凄まじい殺気が皇帝から発せられ、その場にいる誰もが震え上がる。

「どうせ今は使う予定もなく持て余しているだろう。それとも俺の命令に背くのか？」

「いいえ！　滅相《めっそう》もないです！　今すぐにご準備いたします！」

深々と頭を下げた秘書官ジェフリーは、そそくさと逃げ出していく。

残されたエリスは皇帝に正面から見据えられていた。

「これで心置きなく執筆できるだろう？　邪魔者は排除してやるから、お前は気にせずいくらでも続きを書け」

冷たい美貌でニヤリと笑うその顔は魔王のように恐ろしく、有無を言わせない圧がエリスに重くのしかかる。

「こ、皇宮に留《とど》まって執筆しろということでしょうか？」

困惑と恐怖から、エリスの声は震えていた。

「その通りだ。書けないというのなら、お前もお前の父も命はないものと思え」

噂《うわさ》に違《たが》わぬ暴君ぶりを発揮させて、皇帝は満足げに頷いた。

一介の侯爵令嬢であるエリスに拒否権などない。

こうして平凡な地味令嬢エリス・トランチェスタは、暴君皇帝に脅迫される形で皇宮に軟禁されることとなったのだった。

第一章　平々凡々

「エリストラ先生！　わざわざお越しくださりありがとうございます」

衝撃の夜会から遡《さかのぼ》ること三ヶ月、エリスは人目を忍んで出版社を訪れていた。

特別に通された応接室にて、エリスは分厚い紙の束を机の上に差し出した。

「お約束の原稿を持ってきました」

ドンっと置かれた原稿を丁寧に受け取った編集者ルークは満面の笑みを浮かべる。

「おお！　今回もありがとうございます！」

エリスは真面目《まじめ》な顔で眼鏡を直しながら話を続けた。

「ご指摘箇所に修正を入れて、王女の心境がより分かりやすくなるよう独白のシーンを追加しました」

該当箇所を確認したルークは飛び跳ねる勢いで立ち上がると大袈裟な拍手を送る。

「素晴らしいです！　これでまた売り切れ必至ですよ！　先生の作品はどれも売り出し即完売の大人気ですからね。この調子で次巻もよろしくお願いします」

キラキラした目に見つめられたエリスは、言いづらそうに頬《ほほ》を掻《か》いた。

「……そのことなのですが」

「あ！　そうそう、情報部から先生に感謝を伝えてほしいと言われていたんでした」

「え？」

「ほら、例の魔術通信の件です。世界中の情報をいち早く共有できるように各国の新聞社や出版社と提携して文書を瞬時に送り合う通信システムを構築するのはどうかとご提言いただきましたでしょう？」

記憶を辿《たど》ったエリスはそんなこともあったなと頷く。

「ああ、たまたまここに来た際に、他国から入るスクープの伝達速度についてお困りだとのお話を聞いてしまったものですから。ちょうど知り合いの商会長がそういった新技術があると話していたので……今思うと差し出がましいことを言ってしまいましたよね」

「いいえ、とんでもない！　先生のご助言を即採用したようで、周辺諸国と共同で魔術師を呼び試運転を開始したそうです。これがとても画期的で我が社の評判は急上昇しております」

ご機嫌のルークは流石エリストラ先生だと何度もエリスを褒《ほ》めちぎる。

「ついでに次回作の打ち合わせをしていきませんか？　まだ時間がおありならぜひ……」

再びエリスの次回作についての話に戻ってきたところで、エリスは今度こそ先ほど遮《さえぎ》られた話を口にした。

「ルークさん。そのことなのですが、実は家庭の事情でしばらく執筆できそうにありません」

人気絶頂の担当作家から告げられた衝撃の言葉に、ルークはぴたりと動きを止めて目を見開いた。

「な、な、な、なんですと？」

笑顔だったルークの表情が強張《こわば》り、幽霊でも見たかのように顔が青くなって体中が震え出す。

「私も適齢期ですから、そろそろ嫁ぎ先を考えなければなりません」

対するエリスはため息を吐《つ》きながら話を続けた。

「父は私がロマンス小説を書いていることは知らないはずですが、コソコソと何かをしていることは勘付いています。先日とうとう花嫁修業に身を入れるよう厳しく言われてしまって……。監視の目も厳しくなり、今の状態では執筆できません。作家業はお休みするしかないと思います」

「あ、あ、あり得ません！　大人気作家エリストラが休業？　そんなことはロマンス小説業界の……いいえ、出版業界の損失です！」

慌てたルークが絶叫する勢いで言い募るも、エリスは申し訳なさそうに首を振る。

「そう言っていただけるのは嬉しいですが、娘の将来を心配する父の気持ちは痛いほど分かります。これまで何不自由なく育ててもらった手前、あまり心労をかけるわけには……」

「先生！　どうか、お願いです！　お考え直しください！」

エリスの言葉を遮り、縋《すが》り付く勢いでルークは頭を下げる。

「そう言われても……」

「後生でございますから！　何卒《なにとぞ》……！」

なんとなくこんな反応をされることを予想していたエリスは、けれど困ったように眉を下げた。

幼い頃から物語が大好きだったエリスは、読書家だった母の影響もあり本に囲まれて育った。

本が異様に好きなこと以外は平々凡々な貴族令嬢として成長していったエリスだが、母が若くして病気で亡くなってからは尚更読書に没頭するようになり。次第に自分で物語を生み出したいという新たな欲求が芽生えはじめた。

もともと文才のあったエリスは本を読む時間と同じだけペンを持つ時間が長くなると、気付けば自ら夢想した物語を文字に起こすのが密《ひそ》かな趣味になっていた。

少しずつ形にした物語を書き溜《た》め、時々読み返しては自分で書いた物語を独り占めして楽しむのだ。

物語を書けば書くほど新たに欲しい知識が増え、知識を得るためにまた本を読み漁《あさ》り、文章に昇華する快感。

密かな趣味を一人で楽しんでいただけだったある日、部屋を掃除していたメイドのアリエルに小説が見つかってしまった。

「お嬢様！　これはいったいなんですか！」

「ア、アリエル、それは……」

「こんなに素晴らしい物語を隠していたなんて、本当に勿体《もったい》ないです！　これは世に出すべきです。今すぐ出版社に持っていかないと！」

怒られるかと思いきや、普段は真面目でクールなアリエルが、ここまで声を荒げて力説するなんて。

衝撃を受けたエリスはふと思い立った。

（確かに。ずっと秘めていようと思っていたけれど、私だけがこの物語を独占していいのかしら）

病床にあっても本を読んでいた母。

物語に没頭する時間は痛みも苦しみも忘れられるからと笑っていた顔が忘れられない。

自分にそこまでの力があるとは思えないが、この手で生み出した物語がせめて誰かの苦痛を束《つか》の間《ま》でも忘れさせる手助けになれたら、それほど幸福なことはない。

アリエルに後押しされ、意を決したエリスが出版社に原稿を持ち込むと、あれよあれよという間に出版が決まり、エリスの小説は世に送り出された。

そして瞬《また》く間《ま》に人気に火がついた。

刺激を求める貴婦人達の社交界で話題になって以降、エリスのデビュー作は重版が続出するほどの売れ行きを記録し続けた。

あっという間にベストセラー作家の称号をほしいままにし、作家〝エリストラ〟はロマンス小説好きの貴婦人達の間で知らぬ者はいない売れっ子となったのだ。

◆

泣いて縋るルークをなんとか宥《なだ》め、帰宅したエリスは物思いに耽《ふけ》っていた。

エリスにとって小説を書くことは息をするように当然で、大切なもので、それを止められてしまうことには少なからず反発がある。

しかし、父の心配も尤《もっと》もで、地味なエリスは今まで令息達から誘われたこともなければ挨拶《あいさつ》以上の交流をしたことすらない。

このままずっと婚姻もせず侯爵令嬢として生きていくわけにもいかないことはよく分かっている。父の言う通りにするしかないのだろうと暗い目をしていたエリスの背後から、突然声が掛かった。

「エリス、どこに行っていたんだ」

ギクリと固まったエリスが振り向くと、そこにはエリスの兄であるヴィンセントが美しい顔をほんの少し歪《ゆが》ませて立っていた。

「また父上の目を盗んで出掛けたんだろう？」

「お兄様……。お願い、お父様には内緒にして」

エリスの懇願にヴィンセントは眉を下げて表情を和らげる。

「まあ、いいけど。あまり心配をかけるなよ」

ポンポンとエリスの頭を優しく撫《な》でて去っていく兄はいつだって完璧な侯爵家の跡取りだ。

地味なエリスとは違い、優れた容姿で社交界でも人気の高い兄。

優秀で家族想いで、いつも優しくしてくれる兄のことをエリスは妹として慕っている。

兄が家督を継いだ際、手助けになるよう良き家門に嫁がなければ。

頭ではそう思いつつも、エリスはまだペンを持つことへの未練を捨て切れなかった。

それからというもの、悶々《もんもん》と日々を過ごすエリスのもとには、出版社のルークから度々手紙が届くようになった。

『どうかもう一度お考え直しください。先生の新作を待ち侘《わ》びるファンがどれほど多いことか！　ウルフメア伯爵夫人から先生へのファンレターが届いております。ランブリック侯爵夫人やルフランチェ伯爵令嬢からも！　どうか執筆を続けてください！』

ルークからの手紙には、エリストラ宛に届くファンレターが何通も同封されていた。

『エリストラ先生、いつも先生の小説に元気をもらっております。辛いことがあった日でも、先生が生み出される物語の中に没頭すると、何もかも忘れてしまうのです』

『新作を拝読いたしました。次の巻が待ち切れません！　騎士様のなんと麗《うるわ》しいこと……。どうぞお身体に気をつけて今後も素敵な作品を生み出し続けてくださいませ』

『私、先生の物語に恋をしてしまいました！　四六時中頭から離れないほど、先生の小説のことを考えてしまいますの。私の人生に潤《うるお》いを与えてくださった先生には感謝しかありませんわ！』

送られてきたファンレターを一つ一つ大切に読んだエリスは、ここまで応援してくれる読者を裏切れないという思いが強くなってくる。

悩みに悩み、結局エリスは父に直談判することにした。

「お父様。花嫁修業のことなのですが、私はもう少しゆっくり考えていきたいと思っています」

エリスの言葉に、父である侯爵は眉間に皺《しわ》を寄せた。

「何を言っている。お前ももう十九歳だろう。本来であれば既《すで》に嫁いでいるか、そうでなくとも婚約者を決めている年頃だ。これ以上引き延ばす必要などないじゃないか」

「ですが……」

「確かにヴィンセントのためにもお前には良い家門に嫁いでもらいたい。しかし、私はそれ以上にお前の幸せを願っているのだ」

「お父様……」

言い聞かせるように父はエリスの瞳を覗《のぞ》き込む。

「ヴィンセントとも話したが、家柄にこだわる必要はない。お前を心から大切にしてくれる青年を見つけるつもりだから安心しなさい」

父の目には優しさが満ちていて、それだけエリスを想ってくれていると分かるからこそ胸が痛い。

「それでも私は……もう少しだけ時間が欲しいのです」

「悠長なことを言っていては良縁を逃してしまうぞ」

反論の言葉を探している間に、父は明るい声で励ますようにエリスの肩を叩《たた》いた。

「そんなことより皇宮で開かれる次の夜会にはお前も必ず出席するように。名門貴族の令息達も多数出席している。お前の伴侶となる青年を見極めるいい機会だ」

「……はい」

それ以上何も言うことができず、エリスは静かに頷いたのだった。

◆

嵐のように立て続けに送られて来たルークからの手紙はいつかを境にピタリと止んでしまった。

父を説得することは叶わず、手紙の返事を返せないままだったエリスはとうとう出版社に見放されてしまったのだ。そう解釈したエリスは父の言葉通りにする覚悟を決めた。

そうして気づけば夜会の日を迎えていた。

初めて訪れた皇宮はどこもかしこも煌びやかで美しく、エリスの目に留まるもの全てが輝いて見える。

「皇宮ってすごいところですね」

「そうであろう？　今宵はとことん楽しみ、気に入った令息がいれば私に言うのだぞ」

父に囁《ささや》かれた言葉には曖昧《あいまい》な笑顔を返して、エリスは夜会の会場の中を進んだ。

誰もが着飾り華々しく踊るフロア。

しかし、人々がひしめき合う広いホールの中でも、分厚い眼鏡をかけた地味なエリスを誘ってくる令息は一人もいなかった。

話しかける友人すらいないエリスは、当然のように人混みに流され壁際に辿り着く。

見事に壁の花と化し、これ幸いと会場の隅から隅までを観察し始めた。

笑顔や陽気な音楽が溢《あふ》れる中、密会を楽しむバルコニーはロマンスの気配に満ちている。

「あの二人はまだ交際前なのかしら。照れくさそうな初々しい気配が漂っているわ。あちらは婚約者同士のはずだけれど、互いに別の異性に目を向けているわね……。面白い物語が始まりそう」

婚姻相手を探さなければならないのに、エリスの頭に浮かんでくるのは妄想と新たな物語の構想ばかり。

幸せそうなカップルがそばを通り過ぎていくのを見ながら、エリスは思わず心の内を呟いていた。

「どうせなら、私の執筆活動を黙認してくれるような人がいいのに」

当然ながら、そんなに都合のいい相手などいない。

貴族の家に嫁ぎ女主人となれば、家門のことを第一に考えなければならない。

嫁いできた身でありながら陰でコソコソといかがわしい小説を書いている女など、歓迎する家門はありはしないだろう。

もう小説を書くことは、諦めなければいけないかもしれない。

気持ちが沈んでいくエリスは再び煌びやかな会場に目を向けた。

キラキラと輝く装飾、夜とは思えぬほどに明るい照明、翻る色とりどりのドレス。

柱の一本一本からグラスの一つ一つに至るまで全てが美しく、まるで一枚の絵画を見ているかのようだった。

その中でもエリスの目を引く、一際輝く存在がいた。

「あれは……」

遠くの玉座に座る孤高の皇帝。

血を分けた兄弟と父を手に掛けたことで有名な暴君。

慈悲もなく、邪魔者は粛清し、恐怖で政治を行い、侵略も奪略も厭《いと》わない悪魔と噂される男。

血に狂っているとまで噂される皇帝は、少しでも気に入らない言動をした家臣がいれば、なんの躊躇《ためら》いもなく首を刎ねてしまうのだという。

国内外での評判はとにかく恐れられている〝暴君〟である皇帝は、遠目でも分かるほどの美貌を持っていた。

興味をそそられたエリスが見ていると、皇帝は玉座の上で頬杖を突きながら会場を見回しており、どこか退屈そうだ。

夜会に出てくるのは珍しいらしく、近くを通りかかった令嬢達の噂話がエリスの耳に飛び込んでくる。

「珍しいですわね、陛下が夜会にいらっしゃるなんて。それにしても陛下のあの麗しいお顔！」

「確かにお綺麗《きれい》ですけれど、あの真っ赤な瞳はまるで血のようで不気味ですわ」

「どんなにお美しくて高貴でも、あんなに恐ろしいお方と添い遂げたいとは思いませんわ。私はトランチェスタ小侯爵のような優しげなお方のほうが……」

「あぁ、ヴィンセント・トランチェスタ様ね！」

「麗しの社交界の華、本日はいらっしゃってないのね」

「ヴィンセント様がいないと夜会の楽しみが半減してしまいますわ」

「なんでも今日は地味な妹君が代わりに参加しているとか」

「残念だわ。あ、あちらにエバルディン伯爵が！」

「まあ、行きましょう！」

棘《とげ》のある薔薇《ばら》のような皇帝の美しさに惹《ひ》かれながらも、遠巻きに見るだけの令嬢達は適度にハンサムな伯爵の方へ向かっていった。

遠目だろうが退屈そうだろうが、それでも滲《にじ》み出るほどの美貌を持つ皇帝を壁の花のエリスはこっそり眺める。

「確かに綺麗な顔。あの美しい顔を近くで見たら……素敵な物語が湧《わ》き出てきそうだわ」

思わず呟いてしまった自分の言葉に慌てて首を振る。

もしあの顔を真正面から観察できるほど皇帝の近くにいたら、下手《へた》をすれば斬り殺されてしまうかもしれない。

その時。退屈そうに会場を見渡していた皇帝が、エリスの方を見た。

一瞬目が合った気がしてギクリとするも、エリスの気のせいだったのか皇帝はそのまま会場を出て

いってしまった。

皇帝の美貌を目にした後では、煌びやかな皇宮の装飾も着飾った令嬢達や令息達も、全てが陳腐に見えてしまう。

そろそろお開きの時間も近づいていて、父の期待には応えられなかったと嘆息するエリスの前に、不意に大きな影が現れた。

「エリス・トランチェスタ侯爵令嬢ですね？」

見上げるとそこには武装した騎士がいた。

それも一人ではなく、次から次へと数人があっという間にエリスを取り囲む。

屈強な騎士達に囲まれたエリスは、怯えながら頷いた。

「は、はい……。私に何かご用でしょうか？」

「皇帝陛下のご命令です。ご同行願います」

「え？　あの、これはいったい……」

戸惑うエリスにはお構いなしで、騎士の一人がエリスの腕を摑《つか》む。

「観念しろ」

無慈悲に嵌《は》められた拘束具を見下ろしたエリスは、何がなんだか分からず呆然としながら引き摺られるように連行されたのだった。

第二章　創作意欲

どこもかしこもキラキラとした最上級の調度品に囲まれた部屋で、エリスはただただ呆然としていた。

「これからどうしたらいいの……」

父に無理矢理夜会に連れてこられ、ただでさえ疲れていたというのに。

壁際で佇《たたず》んでいたところを皇宮の騎士に拘束され、連行されて皇帝の前に引き摺り出されたかと思えばあり得ない命令を下されて、脅迫の末に軟禁された。

自分の身に起きたことが未《いま》だに信じられないエリスは、身の置き場もなくその場に立ち尽くす。

本来なら皇后が使うはずのルビー宮はどこを見ても絢爛《けんらん》豪華。

エリスからしたら荷が重いことこの上なく完璧に整備されていた。

コンコン。

ノックの音にエリスが返事をすると、先ほど皇帝の前から逃げていった秘書官が汗を拭きながら入ってきた。

「改めまして私は陛下の秘書官ジェフリーと申します」

三十代後半くらいだろうか、皇帝より歳上である彼は、簡単な自己紹介をするとエリスに頭を下げた。

「エリス嬢、何かご不便はありますか？」

疑問と困惑はたくさんあるものの、ここまでの部屋を用意してもらって不便などあるはずがない。

「いえ……」

「左様ですか、それは良かったです。早速ですがこちら、陛下からの贈り物にございます」

エリスの答えなど聞く気があるのかないのか、手を叩いたジェフリーの合図で机の上にドンッと大量の紙が置かれる。

「執筆にお使いください。陛下が使用されるのと同じ最高級羽ペンもご用意しております。もし普段使われているものでなければ支障があるようでしたら、今すぐ侯爵家に使いを送り、届けさせます」

「いえ、そんな、そこまでしていただく必要はありません」

「それは良かったです。他に何かお手伝いできることはありますでしょうか」

深々と頭を下げるジェフリーに、エリスは困惑を隠さず問い掛けた。

「あの……不便はないのですが、もしよろしければ、いったい何が起きているのか説明していただけませんか？」

不安そうなエリスの顔を見たジェフリーは、申し訳なさそうに頷くと、エリスをソファに座らせて流れるような動作でお茶を差し出した。

エリスはおそるおそるカップに手を伸ばす。

「全ては私のせいなのです」

エリスの向かいに腰掛け、ジェフリーは懺悔《ざんげ》するようにそう告白した。

「どういうことですか？」

身を乗り出し、エリスは尋ねる。

「この国で陛下が暴君と称されていることは、エリス嬢もよくよくご存知のことでございましょう」

「それは……まあ」

社交界にほとんど顔を出さないエリスでさえ、皇帝の悪評はよく知っていた。

曖昧に頷いたエリスを見たジェフリーは、わざとらしく目頭を押さえる。

「陛下は幼い頃から皇位継承争いに巻き込まれ、家族の愛情というものとは無縁の生活を送ってこられました」

帝国民ならば誰もが知っているが、今の皇帝が皇位に就いた経緯はあまりにも血に塗れていた。

先帝の血を引いた五人の皇子達はそれぞれが皇位を狙い、生まれた時から互いに争い合うよう教育されたという。

毒殺暗殺は当たり前。

兄弟に命を狙われながら兄弟の命を狙う狂った皇室。

全ては帝国をより強力に強大にしたいという先帝の思惑から始まったものだった。

最も強い皇子を跡取りにすることが先帝の悲願。

エリスはこの話を聞いた時、東洋の呪術の一種である〝蠱毒〟を思い出した。

一つの壺《つぼ》の中に大量の生き物を閉じ込めて共食いさせ、最後に残った一匹を用いて強力な呪術を行う儀式。

先帝が蠱毒を知っていたかどうかは別として、最後に生き残った皇子が何者も受け付けない暴君として帝国に君臨したのは先帝の思い通りだったのだろうか。

今では先帝の意図を知る由はない。

なぜならば先帝は、一人生き残り皇太子となった現皇帝の手で首を刎ねられてしまったからだ。

表向きは不正を働き私腹を肥やしていた先帝を粛清するという正当性をもって行われた処刑だったが、そこには幼い頃から修羅の道を強要された皇帝の私怨があったのではないかとも噂されている。

真相がどうであれ、皇帝の手が血に染まっているのは国民の誰もが知る事実だった。

「そのような環境でお育ちになったのです。当然他者を思い遣《や》る心など育まれるはずもなく、陛下は立派な暴君へと成長してしまわれました。ああ、おいたわしい……」

涙ながらに話すジェフリーは今でこそ皇帝の秘書官として働いているが、皇帝の成人までは世話係を務めていたという。

「幼い頃から賢くも、我《わ》が儘《まま》で冷徹な方でしたが、特に即位してからの横暴ぶりは目に余るものがあり……そこで私は、少しでも陛下の情緒を育てたく、巷《ちまた》で話題になっていたロマンス小説を献上したのです」

ジェフリーが手にしたのは、先ほどエリスがペンネームである〝エリストラ〟の名前でサインしたばかりの本だった。

エリスの頬に冷や汗が伝い、嫌な予感がする。

「これに……陛下がどハマりしまして」

「………………」

「あっという間に最初の一冊を読み終えると、続きを今すぐ持ってこいと剣を振り回し、最新作まで読み切ると過去作を全て揃《そろ》えるよう命じられ……」

「………………」

「既刊本を全て読み果たすと、とうとう謎に包まれた著者エリストラの正体を突き止めよとお命じになり、皇室の諜報《ちょうほう》部隊は威信をかけて作家の正体を調査しました」

「………………」

「そして唯一エリストラの正体を知る出版社の人間を徹底的に追い詰め……彼はなかなか口を割ろうとしませんでしたが。尋問と脅迫の末に、極秘情報であるエリストラの正体が侯爵令嬢エリス・トランチェスタ様であると突き止めたのです」

「………………」

エリスは頭を抱えた。頭痛しかしない。

脳裏に浮かぶのは出版社の編集担当ルーク。

ここ最近、彼からの連絡が途絶えたのは見放されたからかと思っていたが、まさかそんなことになっていたとは。

彼には妻も子もいる。

どうか無事であってほしいと願うばかりだ。

「そうして今宵、皇室主催の夜会にてエリス・トランチェスタ侯爵令嬢がお越しになると聞き、陛下はとてもとても楽しみにされておりました」

「楽しみに？」

「はい。ぜひエリストラ本人に話を聞いてサインを貰いたいと。あ、ちなみにファンであれば作家のサイン本をコレクションするものだとお教えしたのもこの私でございます」

サイン本を見下ろしたジェフリーは深い深いため息を吐いて続けた。

「しかし、人付き合いなどしたことのない陛下です。エリス嬢にどう声を掛けていいか分からなかったようでして……。もだもだしている間に夜会の終了が近づき、焦って令嬢を連れ出すよう騎士に申し付けたところ、勘違いした騎士があなたを拘束したようで」

そして今に至るわけです、と締め括《くく》ったジェフリーに、エリスはどうしてくれようかと思わずにはいられなかった。

他人事のように語る目の前のこの男が、心底恨めしい。

「まあ、あれです。つまり陛下はエリストラことエリス嬢の大ファンなのです！　毎晩エリストラの本を抱いて眠るほどに！」

エリスから向けられる不信感などものともせず、ジェフリーは咳払《せきばら》いをしてそう言い切る。

「……それで？」

思わず出たエリスの低い声。

平穏な暮らしを返してほしいと憎しみを込めたエリスの視線に、ジェフリーは汗を拭きながら知らぬふりを貫き通した。

「陛下はエリス嬢とエリストラ作品について語り合いたいと思われているのです。しかしながら、友人どころか会話する知人さえおらずに育った陛下ですのでご令嬢への接し方が分からず、ああ見えて緊張されているようでして」

あの高圧的な態度のどこが緊張なのか。

夜会で目が合った時も、一瞬で逸《そ》らされたので気のせいだと思ったのに。

他にも言いたいことだらけのエリスが口を開こうとした時。

「おい、まだ話は終わらないのか？」

エリスがジェフリーにそれ以上何かを言う前に、扉がノックもなく開かれた。

そこから顔を出したのは他でもない、この国の皇帝アデルバート陛下その人だった。

「陛下！　説明は滞りなく終わりました。どうぞどうぞ、ごゆっくりお話しください」

「あ、ちょっと、ジェフリーさん！」

ここぞとばかりに席を立ったジェフリーは、逃げ足速く皇帝とエリスだけを残してその場を去っていった。

「それで。続きはいつ書けるんだ？」

皇帝はすかさずエリスの向かいに腰を下ろして聞いてくる。

前置きもなく自分の用件だけを話すところは流石暴君だなと思いつつ、エリスは畏れ多いと尻込みしながら下を向いた。

地味令嬢には到底縁のないはずの帝国の君主。

それも悪魔のようだと囁かれる暴君。

いくら彼が自分の小説の読者だとしても、緊張しないはずがない。

更には自分がロマンス小説の作者だと知られているのは死ぬほど気恥ずかしく、この気まずい空気に押しつぶされてしまいそうだ。

が、バレてしまっているものはもうどうしようもない。

「おい、聞いているのか？」

ここは開き直って自分のファンだという皇帝と向き合うべきか。

などと思ったエリスは、覚悟を決めて顔を上げた。

そしてハッとする。

キラリと揺れる金糸のような髪に、血のように真っ赤な瞳。

目に毒なほど整った皇帝のその顔は、見る者の息を止めさせるような美貌。それが余計に人並み外れた恐ろしさを助長している。

その恐ろしくも綺麗な顔を見ていると、それまで抑え込んでいたエリスの中の何かがムズムズと刺激されてきた。

――――創作意欲である。

思えばエリスはここ最近、父の監視のせいで執筆活動を制限されていた。

そして今後は花嫁修業のために執筆自体を諦めなければならないと思っていたのだ。

もう小説を書くことはできないかもしれないと悲観的になっていたところに現れた、あまりにも美しすぎる顔。

エリスの創作意欲は基本的に、美しいものを見た時に刺激される。

それが、こんなに美しくて刺激的な顔を前に……それも皇宮という最上級の美しいものに囲まれた最高の執筆環境を前に、我慢などできるはずもない。

気づけばエリスは恐ろしさも緊張も羞恥も忘れて皇帝を見上げていた。

「……コホン。お許しいただけるのなら、今すぐにでも書き始めてよろしいでしょうか？　陛下のご尊顔を拝見して新しい着想が生まれました。今ならいくらでも書けそうです！」

それを聞いた皇帝は、感心したように息を吐いた。

「ほう。それはいいことだ。俺の顔で小説が書けるなら、今夜は一晩中俺の顔を見ているか？」

普通の令嬢なら。

ごくありふれた令嬢ならば、これを殺し文句と受け取り胸をときめかせ恥じ入ることだろう。

しかし、エリス・トランチェスタは地味で目立たないよう生きてきただけで、普通の令嬢ではない。

「いいのですか？　ぜひ！」

暴君皇帝が地味令嬢と一夜を共にしたとの噂が使用人達の間に流れたのは、至極当然のことだった。

第三章　試行錯誤

「くっ！　こうくるか！」

「なんてことだ……まさかこんな展開になろうとはッ！」

「そうはならんだろうが、この悪役め！」

「はあ!?　何故だ、何故そうなる！」

「アルペリオよ、今すぐ王女を追いかけて抱き締めろ！」

「ダメだ。止まらん。こうなれば最初からもう一周するぞ！」

皇帝陛下が皇宮に引き留めた侯爵令嬢の部屋に入り浸り、夜毎激しい物音をさせ悶絶《もんぜつ》の雄叫《おたけ》びを上げているかと思えば、朝になると徹夜したのが一目で分かるほどのクマを作りながら表情だけはとても晴れやかに出てくる。

皇帝が去ったあとの室内では令嬢がグッタリとベッドに横たわっていて昼まで起きない。

これは……と皇宮の使用人達が色めき立つのは当然のことだった。


「……いってらっしゃいませ、陛下」

「ああ、いってくる」

ベッドに横たわった状態で気怠《けだる》げに呼び掛けるエリスと、同じベッドに腰掛けて身支度を整えながら同じく気怠げに返事を返す皇帝。

あれから数度の朝を共に迎えた（決していかがわしいことはしていない）二人だが、初対面の時のような緊張感はすっかりなくなっていた。

何度も夜を共にした（勿論《もちろん》いかがわしいことは一切していない）ことで、二人は熟年夫婦のようにすっかり打ち解けていたのだ。

というのも、執筆中のエリスは集中力が凄まじく、異性である暴君皇帝と二人きりの密室にいることも、皇帝が暴れながら雄叫びを上げていることも、少しも気にならない。

寧《むし》ろ、行き詰まったり集中力が切れた時に皇帝の美しい顔を見ると、泉のようにアイディアが湧き出てくるので興奮で書く手が止まらないほどだった。

こんなにも自由に執筆だけをできる環境が生まれて初めてで、エリスは家のことや父のことを忘れて執筆にのめり込んだ。

対する皇帝は、本を読みながらついつい声を上げちゃったり、暴れちゃったりする系の悪癖があるため、エリスが物凄い速さで生み出す物語を書かれたそばから読んでは、暴れながら奇声を発し、いくらでも湧き出て来る小説に大満足していた。

そして各々最高の夜を過ごしながら、朝が来ると皇帝は執務に、エリスは集中力が枯渇してベッドに、それぞれ戻るのが日課となっていた。

エリスの筆がノリにノリ、次々と生み出される新作を皇帝が夢中になって読み進めた結果、毎夜二人で徹夜するというこのサイクルは、エリスが皇宮に来てからずっと続いている。

流石の皇帝も睡眠不足がたたり、ジェフリーに突《つつ》かれながら公務をこなしていたが、それも限界だった。

「陛下、いい加減にしてください。どうか今日くらいはお休みになってくださいませ」

「煩《うるさ》い……ジェフリーの分際で俺に命令するな。今日は王女が騎士と逃避行する場面から始まるんだ。何がなんでも続きを読む」

顔色が悪い分凄みはあるが、いつもより気迫の足りない皇帝に、ジェフリーはお得意の逃げ足を封印して言い募る。

「陛下がお倒れになってはどうするのです。そうなれば小説を読むどころではありませんよ。何卒お休みください」

皇帝自身も自らの限界を感じていたのか、苦言を呈《てい》するジェフリーに怒鳴ることもせず、静かに葛藤した末に口を開いた。

「じゃあ、ちょっとだけ……部屋で待っているかもしれないから、エリスに会ってから寝る」

これにはジェフリーも驚愕《きょうがく》した。

この皇帝がまさか、他人のことを気にするとは。とうとう人の心が芽生えたのかと、ジェフリーの目には涙が浮かんだ。

思えば長い年月、皇帝には心の拠《よ》り所《どころ》さえなかった。

それがまさか、こんなふうに夜を（健全に）共にする相手が現れるとは。ジェフリーの感動はひとしおだった。

皇帝もさることながら、驚くべきはあのエリス・トランチェスタ侯爵令嬢だ。

最初は怯えていたあの地味な令嬢が、まさかあんなに腹の据わった令嬢だったとは。

ペンを持った時のエリスは豹変《ひょうへん》し、皇帝のことすら眼中になくなる。

その集中力といったら。

暴君と称されるこの皇帝が隣にいるのも気にせずにペンを走らせるのだ。

ジェフリーは部屋に籠もる二人の様子を少しだけ覗き見たことがあるが、小説を書いている時のエリスは確実に皇帝のことを創作のための道具としか見ていなかった。

あれこれと話しかける皇帝に対するエリスの反応といえば、適当な相槌《あいづち》を打つか、無視を決め込むか。

かと思えば執筆に行き詰まると、皇帝の顔をグイッと摑まえて至近距離で目に焼き付ける。

時には笑顔を作れだの切なげな顔をしろだの、注文をつける始末。

その様を目撃した瞬間、ジェフリーはエリスの首が飛ぶのではないかと冷や汗を流して青ざめた。

しかし、恐怖されず、疎まれず、気も遣われないどころかぞんざいに扱われるその状況が皇帝にとっては余程心地《ここち》好かったらしく。

皇帝がエリスの行動に対して罰を与えるようなことは一度もなかった。それどころか目を丸くして戸惑いながらも素直に従う皇帝は、どう見ても満更でもなさそうだった。

そもそも皇帝が自分から足を運んで会いに行くというだけで相当稀有《けう》なことなのだ。

もはやエリスの小説を読みたいのか、エリスと一緒にいたいだけなのか、怪しいものだとジェフリーはニヤつく頬を隠した。

「コホン。では、エリス嬢にご挨拶するだけですよ。その後は部屋に戻り就寝してください」

「分かった」

そんなこんなで寝支度を済ませ、挨拶だけしようとジェフリーを伴いエリスの元を訪れた皇帝だったが、物事はそう上手《うま》くいかないものである。

待ち構えていたエリスが、皇帝の顔を見るなり満面の笑みを向けたのだ。

「うふふ、陛下。いつも楽しんで読んでくださる陛下のために、今日は昼から執筆を始めましたので、たんまりと原稿が仕上がっております」

こんもりと盛られた原稿を見た皇帝は、眠気を吹き飛ばして目を輝かせた。

「今日も眠れないじゃないか！　お前は女神か！」

「なりません、陛下！」

すかさず二人の間に割って入るジェフリー。

「エリス嬢。申し訳ないのですが、陛下は深刻な寝不足なのです。毎夜毎夜、睡眠時間を削ってエリス嬢の小説を読んでおられますので」

皇帝の深刻な寝不足について必死に説明する彼から話を聞いたエリスは、成程《なるほど》と手を叩いた。

「言われてみれば、私は昼に寝かせていただいてますが、陛下は昼もお仕事で寝ていらっしゃらないのですものね。それはいけません。陛下、睡眠不足は判断力を鈍らせます。判断力が鈍れば小説の面白さも半減してしまいますわ」

「うっ……しかし、目の前にこんなに原稿があるのに……王女と騎士の逃避行が……」

エリスからも諭《さと》されてしまった皇帝は、悔しそうにクマのできた目を原稿に向ける。

「本日はゆっくりお休みになって、その分溜まった量を明日一気にお読みになるのはいかがですか？そうすれば頭もスッキリとして好きなだけ読み放題ですわよ」

暴君と言われる皇帝の扱い方を、エリスはこの数日で完璧に理解していた。

とにかくエリスの小説を餌《えさ》にすれば、皇帝は割と従順だ。

「ふん。俺に指図するな。しかし……お前がそう言うなら、特別に聞いてやらないこともない」

この数日で手懐《てなず》けられた皇帝は言葉や態度こそ傲慢で横柄だが、エリスの言葉には基本的に従うようになっていた。

「それが良いですわ。そうと決まればどうぞこちらに」

「ん？」

寝るのならば自室に戻らねばならないのかと密かにガッカリしていた皇帝は、気付いたらエリスに手を引かれて彼女のベッドに寝かされていた。

「心ゆくまでお休みください」

皇帝はそのままシーツに包まれ、眠たい頭の中に大量のハテナマークを飛ばす。

「待て。何故ここに寝かせる？」

「だって、陛下の寝顔なんて美しいに決まっていますでしょう」

エリスはエリスで、何をそんな当たり前のことを聞くのかというような顔だ。

「その寝顔を見ていたらきっといくらでもペンが進みますわ。陛下は眠れて私は執筆が捗《はかど》って、一石二鳥ではありませんか」

「つまり、ここで寝ろと？」

「はい！」

「…………」

最初の印象とは裏腹に、執筆のこととなると、エリスはとことん図太い。

利用されているようで納得できない皇帝だったが、連日の疲れとなんだか心地好いエリスの香りに包まれて、眠気が襲ってくる。

「エリス嬢。私は邪魔者のようなので失礼いたします。陛下のことを頼みます。陛下、明朝お迎えに上がりますので、どうかごゆっくりお休みくださいね」

ジェフリーの声を遠くに聞きながら、皇帝は落ちてくる瞼《まぶた》と格闘しながらなんとか返事をした。

「……ぅん」

子供のように素直な返事をして寝息を立て始めた皇帝を、エリスとジェフリーはニヤニヤしながら見下ろしたのだった。

◆

「うーん！　かなり進んだわね。少しだけ休憩しようかしら」

眠る皇帝の隣で執筆を続けていたエリスは、伸びをして一息つくと、ふと目に入った皇帝の肩にはだけたシーツを被せるためベッドに移動する。

「本当に綺麗な顔……」

静かな寝息を立てて眠る皇帝は、普段ギラついている真っ赤な瞳が隠れているせいか穏やかそうに見えた。

「ん……エリス」

「！」

シーツを上げようとしていたエリスの手を掴んだ皇帝は、寝言でエリスの名前を呼んだ。

驚いて心臓が跳ねたのと同時になんとも言えない気持ちになったエリスは、掴まれた手をそのままに皇帝の隣に寝転がる。

「むにゃ……」

エリスの手を離す気配のない皇帝は眠りながら子供のように柔らかく微笑《ほほえ》んだ。

「前言撤回です。とても暴君とは思えぬ呑気《のんき》な寝顔ですこと」

苦笑したエリスは小さく呟く。

そうして繋《つな》がれた手を見下ろした。

エリスはこの生活が長く続きはしないことを分かっていた。

皇帝からの命令を口実に執筆に没頭していたが、エリスの父がこのまま黙っているはずはない。

エリスはそう遠くないうちに侯爵家へ連れ戻されてしまうだろう。

だから今のこの生活は、エリスが執筆を諦められるよう神様がくれた最後の機会なのだ。

普段は家族のことを忘れるほど執筆に専念し、憂う暇などなく皇帝がエリスの小説を絶賛する様をすぐ近くで眺めているが、静かな室内でエリスの心に暗い影が落ちる。

「んむぅ、エリス……次だ、次の話を寄越《よこ》せ」

エリスの憂いを知ってか知らずか、夢の中でも小説を読んでいるらしい皇帝がエリスの手を強く引き寄せる。

驚いたエリスは目を丸くし、思わず微笑んでいた。

「…………うふふ。明日になればたくさん読めますよ」

口の端をふにゃりと緩めた皇帝の、天使のようにあどけない寝顔を見ているとエリスの瞼も重くなってくる。

「おやすみなさい、陛下」

第四章　意気揚々

「エリス……チェスタ……！」

「んぅ？」

深い眠りの中で肩を揺すられ誰かに呼ばれている気がしたエリスは、ゆっくりと意識を浮上させた。

「おい、エリス・トランチェスタ！」

「……はい？」

眠い目を擦りながら声がする方へエリスは返事をする。

「……やはり、お前はエリスで間違いないんだな？」

そんなエリスに、声を掛けてきた相手はどこか困惑しているようだった。

「陛下？　おはようございます」

昨夜、眠る皇帝の顔を見ているうちに寝落ちしてしまったエリスは、ペンも眼鏡もその辺に投げ出して、彼と同じベッドに潜り込んでいたようだ。

体温が伝わってくることから、体が密着しているらしい。

「はあ……まさかこんな、嘘《うそ》だろ……」

「？」

腕で顔を隠しながらブツブツと何かを呟く皇帝に、エリスはいったい何を言っているのかと意味が分からず首を傾《かし》げた。

「お前の……素顔を見るのは初めてだが……あー、いつも掛けてるその眼鏡、かなり分厚くて度数がキツいようだな」

なんだか周りがボヤけているなと思えば、眼鏡を外しているからだと思い至ったエリスは、声がする方に顔を向けた。

「あ、はい。小説ばかり読み書きしてるので、目が悪くなってしまって……この眼鏡じゃないと、何も見えないんです」

ぼやぼやにボヤけている皇帝の顔を見ながらエリスが説明すると、皇帝は戸惑ったように小さく息を呑《の》む。そして重苦しい声で呟いた。

「……エリス・トランチェスタ。皇帝の名において、今後人前で眼鏡を外すことを禁じる」

「え？」

「なんということだ。この展開は小説で読んだぞ。普段は地味なヒロインが実は……なんてベタな展開だ！　こういうのは露見した瞬間ヒロインに男どもが群がってくるではないか！　その辺の男に奪われるなど堪《たま》ったものではない。そんな顔を見せられたら豹変する男が後を絶たないだろう。目が覚めてこの顔が目の前にあった衝撃と言ったら……」

「どういうことです？　あの、陛下。私の顔はそんなに醜いのですか？」

「……気付いていないのか」

呆《あき》れたような皇帝の声に、エリスは不満げだ。

「見苦しいものをお見せしたのならお詫《わ》びします。なにせ本当に目が悪くて……眼鏡を外した自分の顔ってハッキリ見たことがないんです」

「それはまた……いや、いい。世の中には知らない方がいいこともある。とにかくこのことは極秘だ。お前の素顔は今後絶対に、誰にも見せるな。お前は俺のものだ。眼鏡を外すのは俺の前だけにしろ」

「そんなことを言われましても……」

ここまで言われると、どれだけ自分の顔が醜いのかと気になってくる。

どこかに鏡はないものかとモゾモゾすると、すぐそこにある皇帝の体に余計に密着していってしまう。

「ち、近い！　いい加減起きるぞ！」

慌てて起きた皇帝に倣うように、エリスも体を起こして眼鏡を掛けた。

ボヤけていた視界がクリアになると、何故か耳まで真っ赤になった皇帝が必死にエリスから顔を背けていた。

「？」

元々変な皇帝だが、今日は特に変だ。

もう慣れたと思っていたが、暴君と称されるだけあってこの皇帝はやはり普通じゃないようだ。

皇帝の様子に首を傾げていたエリスは、自分が皇帝と同衾《どうきん》したことに全く考えが及んでいない。照れたような動作を見せる皇帝を訝《いぶか》しんでいるだけだ。

そうこうしているうちにノックの音が響き、エリスの代わりに皇帝が返事をした。

入ってきたジェフリーは二人の顔を見るなり面白そうな気配を感じたのだが、秘書官としてそれを顔には出さずに朝の挨拶をする。

「昨晩はよくお休みになられたようで。陛下の顔色もすっかり戻っておりますね」

「ああ。早速仕事をしに行く」

「え？　もうですか？　流石に早過ぎるのでは……」

そそくさと準備を始める皇帝に驚いたエリスが問い掛けると、皇帝はクマのなくなった目を細めて得意げに笑った。

「早く終わらせてお前の小説を読まなければならないからな」

ホクホクとしたその視線の先には大量の原稿が。得心したエリスに見送られて皇帝は颯爽《さっそう》と仕事に向かう。

「……で、ジェフリーさんは行かないのですか？」

皇帝だけを送り出した秘書官へとエリスが怪訝《けげん》な目を向けると、朝の二人のやり取りを眩《まぶ》しく見ていたジェフリーは満面の笑みを浮かべた。

「まだ始業前ですからね。それよりも、エリス嬢に改めて感謝いたします。あんなに意欲的な陛下は初めてです。何もかもエリス嬢のお陰です」

「えっと……私は特に何もしていないのですが」

「そんなことはありません。そもそも、あの陛下と三十分以上一緒にいて生き残れるのは十人に一人くらいのものです。一時間以上二人きりで生き残れるのは百人に一人くらいでしょうか。それを幾晩もご一緒して生きておられるとは、それだけでエリス嬢は奇跡の女性なのでございます」

「……流石に言い過ぎなのでは？」

ここまで言われる皇帝が可哀想《かわいそう》になってきたエリスが反論すると、ジェフリーは自信満々に首を振った。

「いいえ。長年陛下のおそばに仕えている私の経験と統計に基づいた確かな数字です」

「でも、陛下だってああ見えて可愛《かわい》いところはありますよね？　お茶を持ってきてくれたり肩を揉《も》んでくれたり、放置しすぎると構ってほしそうにしてたり。時々大きな仔犬なのではないかと思うことがありますもの」

エリスの言葉にジェフリーはピシリと動きを止めた。

「…………失礼ながら、エリス嬢。それは私の知っている皇帝陛下の話で間違いないでしょうか？」

「他に皇帝陛下がいらっしゃるのですか？」

不思議そうにエリスは首を傾げた。

対するジェフリーは珍妙なものでも見るかのような目をしながら首を横に振る。

「いえ。ですが、私の存じ上げている陛下とは幾分か差があり……陛下は基本的に他人の世話をするどころか、首を切ることしか考えていない暴君ですから。私の逃げ足が帝国一速いのはそのためなのです」

「……へぇ、そうですか」

堂々と胸を張るジェフリーに、エリスはどうやら彼とは話が嚙《か》み合わないらしいと割り切ることにして、適当に頷いておいた。


その日の皇帝はエリスに宣言した通り、いつもの倍の速さで仕事をこなした。ジェフリーでさえついていくのがやっとなほどだ。

「陛下がご提案されました新たな政策の実施は滞りなく進んでおります」

「来月には施行できるようそのまま注視しろ」

「御意。次にザハルーン王国との貿易交渉については向こうの外交官が頑《かたく》なため遅れておりますが、引き続き交渉を急ぐとのことです」

「うむ。長引くようなら脅しても構わん」

「承知いたしました。次は魔晶石の取引についてですが、こちらも難航しております」

「例の商会か。最後に帝国内で目撃されたのはトランチェスタ侯爵領付近だったな」

「左様です。以降、他国を転々としているようで、商会長の行方《ゆくえ》が摑めません」

「その件も急ぐように言え」

溜まっていた報告を片付けたところで、ジェフリーは重要な書類を取り出す。

「陛下、次の案件なのですが、こちらは早めに返事をした方がよろしいかと思います。トランチェスタ侯爵から娘を帰してほしいと何度も手紙が……」

「無視しろ」

見事なまでの即答だった。

一瞬で撥《は》ね除《の》けられたジェフリーは、それでもなんとか喰《く》らいついた。

「そ、それは……無理です。侯爵からしたら夜会に連れてきた娘が突然いなくなり、皇宮に滞在していると通達されたきり音沙汰がないわけですから。これ以上、侯爵の要請を無視してしまえば、陛下がエリス嬢を誘拐し監禁していると言いふらされてしまいます」

「そんなの、向こうの言いがかりだろうが」

「いえ、半分以上事実です」

皇帝がエリスを無理矢理引き留めたことも、脅迫したことも、ルビー宮に軟禁したことも、全て事実である。

しかし、不思議なことにエリスは逃げ出そうとしたことはない。

だから半分以上は事実と言ったのだが、皇帝は不満げだった。

「チッ。俺はエリスを帰すつもりはない。適当に返事をしておけ」

「そんな横暴な。トランチェスタ侯爵は人望もありますし、小侯爵は社交界でも人気。何よりあの家は由緒正しい家門です。このまま騒がれたりしたら……」

さらに言い募ろうとしたジェフリーだったが、皇帝から発せられる殺気が強くなったのを察知して慌てて話題を変えた。

「そんなことよりも、陛下は随分とエリス嬢をお気に召したようで、何よりでございます」

「……ただ小説を書くから生かしているだけだ」

「いえいえ。お二人は日に日に親睦を深められているようにお見受けします」

満更でもない皇帝は、ジェフリーの言葉に気を良くしたのか、ペラペラと話し始める。

「俺をあんなふうに雑に扱う女は他にいない。知っているか？　アイツ、執筆中は俺にとても冷たいんだ。話し掛けても適当な答えしか返ってこないし、喉が渇いただの肩が痛いだの、いちいち言ってくるんだぞ、この俺に。信じられるか？」

「それで陛下はエリス嬢にお茶を持っていったり、肩を揉んだりされているのですか？」

皇帝の話が今朝エリスから聞いた話と繋がる気がして、ジェフリーは驚きつつもそう問い掛けた。

「ふん。……俺はあくまでもアイツの小説が目当てだからな。仕方なく面倒を見てやっているだけだ」

皇帝は不機嫌を装っているようだが、その横顔からは浮かれたように跳ね上がる口元が隠しきれていない。

「陛下……楽しそうですね」

「べ、別に楽しくなんかない！　ただちょっと新鮮だから好きにさせているが、少しでも気に入らなければいつだって斬り捨ててやるつもりだ！」

ジェフリーの指摘一つで取り乱した皇帝は、自分が今どんな顔をしているのか分かっているのだろうかと、ジェフリーは生温かい目で話を聞いてやる。

「まったく。俺を冷たくあしらうなんて。なんて無礼な女なんだ。本当に、アイツが書く小説も含めてあんな女は初めてだ」

ブツブツと文句を言うふりをして、皇帝はニヤける口元を隠し切ったつもりでいるのだった。

◆

「どうか早く皇后陛下をお迎えになってください」

午後一番で謁見に来たのは、帝国議会の大臣だった。

深々と頭を下げて嘆願する大臣に、皇帝は視線を向けることすらしない。

「面倒だ。女は煩い」

「そうおっしゃらず！　お世継ぎを残すこと、これは皇族の務めです、陛下！」

パラパラと書類を捲りながら、首を切るのも億劫《おっくう》だと思った皇帝は適当に手を振った。

「分かった、分かった。そのうち考える」

逆鱗《げきりん》に触れれば即首を刎ねられるのは分かっているので、大臣は顔を真っ赤にしながらも引き下がっていった。

「ふん。皇后か……」

大臣の背を見送り鼻を鳴らした皇帝は、遠い昔に他界した憐《あわ》れな母のことを思い出しながら呟いた。

第五章　傍若無人

生まれた時から兄弟間の皇位継承争いを強制された現皇帝アデルバートは、父からも母からも温かな感情をもらったことがなかった。

『生き残りたければ兄弟を殺しお前が皇帝になるのだ』

父の口癖は今でもアデルバートの耳の奥にこびり付いている。

帝国の繁栄を望む父は息子達のうち最も強い者を後継者にするため、常に兄弟を競わせ殺し合うよう教育した。

正統性を重んじ、皇后である母だけに後継者を産ませ続けた父。

息子達を甘やかすことも許されず、ひたすら後継者を産むことだけを強要された母は末の弟を産んだ直後に息を引き取ったという。

育てられた記憶もない母の顔を、アデルバートは肖像画の中の疲れ切った青白い顔でしか覚えていない。

一度も微笑みかけられた記憶のない母の死に、当時の幼いアデルバートが動揺することはなかった。

厳しい後継者教育、憎悪し合う兄弟、常に付きまとう命の危険、高みの見物を決め込む父の冷笑、形だけ整えられた侘《わび》しい母の墓。

そんな環境で育ったアデルバート自身も物心つく前には兄達から嫌がらせを受け、幼い弟に対しては自分を脅かす存在として憎悪を抱かなければならなかった。

アデルバートにとって家族というものは、いがみ合い虐げ合う存在でしかない。

成長するにつれて激化していった皇位継承争いが兄弟間の嫌がらせから暴力に変わり本気の殺し合いになるまで、そう時間は掛からなかった。

最初に脱落したのは末の弟だった。

兄の寝首をかこうとした弟を、アデルバートが返り討ちにしたのだ。

後に知ったことだが、末弟を唆しアデルバートを襲わせたのは長兄の策略だった。

後継者教育の中で抜きん出た剣の才能を見せたアデルバートを警戒してのことだったという。

命の危機を察知し手加減もできず剣を振るったアデルバートは、暗闇の中で弟の生温かい血を浴び呆然とした。

息絶えた幼い弟の亡骸《なきがら》を見て、父はご満悦だった。

「よくやった！　これで分かったであろう。お前達は殺さなければ殺される運命なのだ。アデルバートよ、お前には特別に褒美を授けよう」

結局は暴力が一番なのだ、と笑う父は常軌を逸していた。

返り血に濡《ぬ》れた手を見下ろすアデルバート。

初めて人を斬ったあの瞬間から、アデルバートは何かを失った。

僅かにあった戸惑いなど捨てたアデルバートは、父から目をかけられる自分を妬んで挑んでくる兄達を次々に討った。

とうとう最後に残った長兄との一騎討ちに勝利したアデルバートを待っていたのは、汚職に汚れた父の玉座だった。

父は自らの不正の証拠をアデルバートに差し出し微笑んだ。

「この父の不正を暴き首を刎ねよ。さすればお前は兄弟だけでなく父すら手に掛けた完璧な〝暴君〟となろう！　これでお前に逆らう者はいなくなる！　恐怖で民心を支配してこそ、新皇帝となるお前の地位は確固たるものになるのだ！」

狂っている。

アデルバートは父の高笑いを聞きながらそう思ったが、素直に剣を振り下ろし父からその座を奪い取った。

それは自分の人生を血塗《ちまみ》れにした父への腹いせでしかなかったのかもしれない。

父の言った通り、即位したアデルバートは誰もが恐れる暴君として帝国に君臨した。

皇位を得てからのアデルバートには、もはや暴力しか残っていなかった。

父から徹底した暴君としての教育を受けてきたアデルバートにとって、他の方法で国を統治することなど想像もできない。

邪魔者は斬り捨て、楯突《たてつ》く者は首を刎ね、国民を恐怖で従わせる日々。

憎い父の思惑通りになるのは癪《しゃく》だったが、結局のところアデルバートは父が画策し作り上げたその恐怖政治で、帝国をさらに発展させていくことに成功した。

そんなある日のことだった。

ジェフリーが一冊の本を手に皇帝へ頭を下げたのは。

「陛下。本日はぜひとも陛下に献上したいものがあり、お持ちいたしました」

「なんだ」

「こちらにございます」

いつも以上に恭しく頭を下げるジェフリーが差し出してきたものを見て、アデルバートは目を眇《すが》めた。

そこにあったのは周囲に花が散らばり睦み合う男女のシルエットが施されたピンク色の本。くねくねとやたらに凝った文字で書かれたタイトルは『冷血騎士と王女の秘密のダンスレッスン』。

本の内容を読むまでもない。

仄暗《ほのぐら》く血塗られた人生を歩んできたアデルバートとは真逆にあるキラキラした物語。

貴婦人達が好むような、反吐《へど》が出る〝ロマンス〟とやらが詰め込まれたくだらない小説。

「………どういうつもりだ。まさか、こんなものを俺に読めと言うのか？」

怒りを滲ませたアデルバートの低い声に足を震わせながら、それでもジェフリーは引き下がらなかった。

「恐れながら申し上げます。私めはこれまで陛下のおそばにお仕えしながら、一度たりとも陛下の情緒をお育てしようとしなかったこと、ずっと後悔してまいりました」

相手が長年仕えてきたジェフリーでなければ、この時点で首を落としていた。

しかし、いつもはアデルバートの機嫌を察知してすぐに逃げ出す男が足を震わせながらもその場に留まっているのを見て、仕方なく話を聞いてやる。

「このままでは陛下は先帝……あの父君のようになってしまわれます」

「なんだと？」

憎み続けた父の顔を思い出し、アデルバートは怒りに拳を握る。

「私は陛下がこの先も帝国を治める君主として末長く君臨いただくために、先帝とは違う道を歩んでいただきたい。そのために他者を思い遣るお心を……〝情〟を知っていただきたいのです」

強いられた殺し合いの中で一人生き残ったアデルバートには、もう争いは必要ない。

これから先は玉座を血に染めるのではなく、幸福を知ってほしい。

だからこそジェフリーは、誰よりもアデルバートのためを思い死を覚悟で奏上しているのだ。

普段はそそくさと逃げ出すジェフリーが必死に嘆願する姿に思うところがあったのか、はたまた父への憎悪からか。

アデルバートは即刻ジェフリーの首を刎ねるような気持ちにはならなかった。

「こんなもので本当にお前の言うような情とやらが知れると思うのか？」

本を指差し眉間に皺を寄せるアデルバート。

疑わしげながらも意見を聞いてくれたアデルバートの言葉に、ジェフリーは大きく頭を下げた。

「これまで陛下にお仕えした私が断言いたします。陛下の世界は必ずやこの一冊で変わることでしょう」

小心者のくせにあまりにも大口を叩くジェフリーに、アデルバートはどうにも調子が狂う。

「……これまでのお前の働きに免じて今回は見逃してやる。俺の気が変わる前にさっさとそれを置いて出ていけ」

深々と頭を下げたジェフリーは、机の端に本を置いて去っていった。


その夜、アデルバートは視界の端にチラチラと映るピンク色のファンシーな表紙がどうにも気に障り、火に焚《く》べてしまおうかと手を伸ばした。

手に取るのも汚らわしい気がして指先で表紙を摘《つま》んだアデルバートだが、パラパラと捲れたページの一節を無意識に読んでしまう。

『そうしてしがない平民出身の冷血騎士アルペリオは、王女の誘いを断りきれず毎夜のように秘密の庭でダンスレッスンを行うこととなった。』

アデルバートの思考が停止する。

「なんだそれは。いったいどういう展開だ？　何故しがない平民騎士と王女が秘密裏にダンスレッスンを？　まったく意味が分からん……」

再び暖炉の中に本を投げ捨てようとしていたアデルバートは、どうにも腑《ふ》に落ちない疑問からその本の内容が急に気になり出した。

チラチラと左右を見回し、誰も見ていないことを確認してから先ほどのページをもう一度探してみる。

しかし、先ほどのページがなかなか見つからない。

仕方なく最初からペラペラとページを捲り、目を通していたアデルバートは、いつの間にか全ての文字を目で追っていた。

「いやいや、そうはならんだろ」

気付けばプロローグを読み終え第一章、第二章を夢中で読み切り、暖炉の前で立ったままだったことを思い出して急いで椅子に座る。

「なるほど。それでダンスレッスンを……。って、待て待て。なぜ王女がここでこんなことを……！」

中盤までを一気に読んでしまったアデルバートは展開の目まぐるしさに思わず叫んでしまう。

「なんなんだこの騎士は、好きなら好きと言えばいいだろうが！」

後半にいくにつれて本の中の冷血騎士と王女がすれ違い、波乱の後に想いを確認し合う。

「はぁ……。どれだけハラハラさせる気だ」

そして胸を撫で下ろしたところで、惹かれ合う二人の密かな睦み合いの描写に顔を赤くした。

「な、な、な、なんて破廉恥な‼」

口ではそう叫びつつもページを捲る手を止めることができず、ピンク色の描写が飛び交う文章を無我夢中で読み進めていく。

気付けば一晩でその一冊を読破してしまったアデルバートは、翌朝に頭を抱えた。

昨晩からあの小説の内容が頭から離れず、眠ることもままならなかった。

顔を洗っても、着替えても、朝食を食べても、頭の中で冷血騎士と王女がくるくるとダンスレッスンをしている。

なんだこれは。

自分の頭がおかしくなったのか？

寝ていても座っていても立っていても、何をやっても冷血騎士と王女が頭に浮かぶ。

雑念を振り払おうと剣の鍛錬をしてみたが、斬っても斬っても二人が手を取り合いダンスする幻覚が見える気がする。

このままでは狂ってしまいそうだ。

気になるところで終わってしまったあの小説が悪いのだと、アデルバートは執務室に来たジェフリーに向けて剣を抜いた。

「へ、陛下！　私が悪うございました！　もう二度とあのような小説を持ってまいりませんので、何卒お許しを！」

両手を上げたジェフリーの叫びに対し、アデルバートは静かに呟いた。

「……ってこい」

「は？」

聞き取れず今にも泣き出しそうなジェフリーへ、顔を上げたアデルバートはいつもの横柄な態度で命令する。

「今すぐあの小説の続きを持ってこい!!」

振り下ろされた剣は、ジェフリーの隣の床に深々と突き刺さった。

「は、は、はい!!」

すぐさま続巻を持ってきたジェフリーから本を奪うと、アデルバートは執務をそっちのけで読み始める。

「くっ……！　この悪役め！　せっかく想いの通った二人の仲を邪魔するとはっ！」

物凄い勢いで本を読みながら叫ぶアデルバートの姿に、ジェフリーはわけも分からず困惑した。

ほんの少しでも陛下に情緒が芽生えれば、と思っただけだったのに、このハマりようはいったいなんだ。

「そうか！　そういうことだったのか！　アルペリオよ、それを早く言え！　王女がどれほど不安だったことか！」

傍若無人に本を読みながら叫ぶ一言一言の熱量が半端ではない。

「はあ!?　ふざけるな！　なんだこの謎の男は！　またこんな気になるところで終わりやがって……！」

あっという間に本を読み切ったアデルバートは頭を抱えると、鋭い目でジェフリーを見た。

「おい、ジェフリー！」

「は、はい！」

背筋を伸ばしたジェフリーが困惑のまま返事をすると、アデルバートは脅すように再び剣を突きつける。

「次の巻を持ってこい。今すぐ。十秒以内に！」

「しょ、承知いたしました！」

念のため用意していた続巻を、ジェフリーは急いで取りに走った。

それからというもの、アデルバートの生活は一変した。

「次の巻はいつ出るんだ!?　それまで続きを読めないのか？　こんなの堪《た》えられるか！　おい、ジェフリー！」

「は、はい！」

「この作家の他の本を持ってこい！　出版されているもの全部だ!!」

初めて読んだロマンス小説の著者エリストラの本を全て集めるようジェフリーに命じ、その全てを片っ端から読破していく日々。

「くっ……なんてことだ！　全部読み切ってしまうとは！　ジェフリー!!」

「はっ！」

「他の作家でも構わん。似たような本も持ってこい。それと、この作家エリストラとやらの正体を突き止めろ」

「御意！」

言われるままジェフリーはロマンス小説をかき集めてアデルバートに献上し、謎の作家エリストラの調査を開始した。

「これはこれで趣があるが、やはりエリストラには敵《かな》わん。エリストラの正体は分かったのか？」

他の作家の本を閉じながら、アデルバートは血走った目をジェフリーに向けた。

「そ、それが……エリストラは謎の作家でして、その正体はおろか、性別や年齢も全て非公開なのです。唯一の手掛かりである出版社の人間を尋問しておりますが、未だエリストラの正体を吐かず……」

「なんだと？」

アデルバートの目がさらに血走り鋭く光ったのを見たジェフリーは、慌てて話題を変えた。

「しかしながら！　エリストラが別名義で書いたと思われる、詩集を入手いたしました！」

「なに!?　それを早く寄越せ！」

殺気を引っ込めたアデルバートは急いでジェフリーの持っていた詩集をひったくる。

「確かにこの文……言い回し、単語の選択や発想、エリストラで間違いない」

宝物を見つけた少年のように目を輝かせたアデルバートは、熱心にその詩集を読み込んだ。

「陛下は本当に……その作家のことをお気に召したのですね」

しみじみとしたジェフリーの一言に、アデルバートはギロリと赤い目を向ける。

「分かっているのなら早くエリストラを見つけ出しここに連れてこい！　隠しだてする者は脅そうが殺そうが構わん！」

怒鳴り声に身を固くし、ジェフリーはおそるおそる問いかけた。

「全力を尽くします！　しかしながら陛下、エリストラにお会いになってどうなさるおつもりですか？」

「閉じ込めて続きを書かせるに決まっているだろう」

玉座にふんぞり返るアデルバートは、当然のように宣言した。

まさに暴君なその言葉を聞きジェフリーは頭を抱える。

せっかく暴君に情緒らしいものが芽生え始めたというのに、大人気作家の監禁は世間のイメージ的にもあまりよろしくない。

何かアデルバートの気を引く他の話はないかと考えたジェフリーは、ふと貴婦人達の流行を思い出した。

「それよりもサインを頂戴するのはいかがです？」

「サインだと？」

眉間に皺を寄せるアデルバートにジェフリーはそうですと頷いた。

「貴婦人達の間では、好きな本にその作家のサインを貰うのが流行《はや》っているそうです。その作家への愛が強ければ強いほど、多くのサイン本を入手しコレクションするのだとか」

その話を聞いたアデルバートは、すぐさま立ち上がり手を前に出してジェフリーに命じた。

「エリストラの正体が分かり次第全ての蔵書にサインさせろ！　それと、エリストラの作品を飾る専用の本棚を作れ！」

「至急手配いたします」

趣向を凝らした本棚が完成する頃、ジェフリーは意気揚々とアデルバートに報告をした。

「陛下！　エリストラの正体が分かりました！　強情な出版社の編集者がついに吐いたのです！」

朗報に前のめりになるアデルバート。

「そうか！　それで、エリストラの正体はどこのどいつだ⁉」

「侯爵令嬢エリス・トランチェスタ様です」

「トランチェスタ侯爵家の娘だと？」

エリストラの正体が貴族令嬢だと知り、目を見開きながらも、アデルバートは間髪を容れずに命令する。

「今すぐその者をここに呼べ！」

横暴な命令をあらかじめ察していたジェフリーは落ち着いた様子でアデルバートに頭を下げた。

「陛下のご命令に逆らう者はおりません。しかしながら、次の夜会の参加者リストに令嬢の名前がございます。ここは強制的に呼び立てるのではなく、その夜会で自然に接触されてはいかがでしょう？」

「なぜ俺がそんなまどろっこしいことを……いや、待て」

怒鳴ろうとしたアデルバートは、ふとあることを思い出して怒りをおさめた。

「確かに冷血騎士と王女の話も最初は夜会が始まりだったな。悪くない。その夜会で必ずやサインを貰うぞ！　覚悟しろ、エリス・トランチェスタ！」


しかし、意気込んでいたアデルバートは夜会の場ですっかり大人《おとな》しくなっていた。

「陛下、どうしてお声掛けしないのです？　お伝えした通り、あの壁際でひっそりと佇んでいる眼鏡の女性がエリス・トランチェスタ嬢ですよ」

「う、うるさい。今行くところだ」

エリスのいる場所をチラチラと横目で何度も確認しながらも、アデルバートはなかなか動く気配がない。

何を話したらいいか分からず思い悩んでいる間に、すっかり夜は更けていく。

「もう夜会が終わってしまいますよ。このままでは一言もお話しできないままではありませんか。せっかくこの場に来たというのに。早くお声掛けしてくださいませ」

見かねたジェフリーが諫《いさ》めると、アデルバートは頭を掻きむしった。

「くっ……！　分かっている！　あー！　おい、そこのお前！」

そして端にいた騎士に声を掛けた。

「はっ！」

「今すぐにあの令嬢を……侯爵令嬢エリス・トランチェスタを俺のもとに連れてこい！」

「御意！」

そうして引き摺られてきたエリスと初めて言葉を交わしたアデルバートは、どうしても彼女を引き留めたかった。

半ば無理矢理皇宮に留まらせたエリスとの時間は小説の内容以上にアデルバートを変えていった。

いつの間にかアデルバートは、剣を振り回す時間よりもエリスの隣で小説を読んで穏やかに過ごす時間の方が増えた。

もうアデルバートはエリスのいない生活を送ることなど想像すらできない。

◆

自身の半生を思い返していた皇帝は、改めて目の前の書類を見下ろした。

日も暮れてだいたいの仕事が片付き、あとはこれだけだとジェフリーから渡された最後の案件——トランチェスタ侯爵からの手紙と、議会からの立后要請書——を机に並べ、二つを交互に見比べてみる。

「ふむ……」

「どうされるのですか、陛下。どちらを先に解決するのです？」

ジェフリーの問いに、皇帝は沈黙した後、何かを閃《ひら》いたように顔を上げた。

「妙案がある。煩わしいこの二つを一気に解決できる、いい案がな」

ニヤリと口角を上げた皇帝アデルバートは、絶対零度の瞳を楽しげに細めて意気揚々とルビー宮の方角を見やったのだった。

第六章　千載一遇

「エリス、これにサインしろ」

宣言通り仕事を早く終わらせた皇帝は、真っ直ぐにエリスの部屋を訪れ、黙々と執筆するエリスに何かを差し出した。

「またいつものサインですか？　今右手が塞がっているので、左手でよければお貸ししますよ」

執筆に夢中のエリスは、顔も向けずに左手だけを差し出す。暴君と称される皇帝に向けてこの態度。

顔を上げないどころか利き手じゃない手を適当に差し出しプラプラさせるなんて。

執筆中のエリスが素っ気ない態度になるのを知っている皇帝は、このクセになるエリスの塩対応にドギマギゾクゾクしながらその左手を取った。

そして千載一遇のチャンスとばかりに細い指にペンを握らせ、所定の箇所にエリスのペン先を当てさせる。エリスはそれになんの疑いもしない。

ニヤッと口元を歪める皇帝。

「これには本名でサインしてくれ」

「はいはい、本名で……」

しかしエリスは、ペンを滑らせてすぐ異変に気が付いた。

ペン先から伝わってくるこの紙の感触、書き心地。いつもサインしている本の感触と違う気がする。何よりペンネームではなく本名でサインを求められるなんて……。

「……陛下、これってなんの書類ですか？」

途中で手を止めたエリスが振り向かずに問えば、皇帝は舌打ちしながら答えた。

「なんのって、見れば分かるだろう」

嫌な予感がしたエリスは恐る恐る左手の先を見る。そして悲鳴を上げそうになった。

「～～ッ⁉」

そこにあったのは、いつもサインを求められるロマンス小説などではない。もっとロマンチックで恐ろしいもの。

【婚姻誓約書】

やけに煌びやかで上質な紙に、デカデカとそう書かれた文字。その下の署名欄には皇帝のサインがあり、エリスのペン先が止まっているのはその隣の欄だった。

「へ、陛下……これって？　ど、どういうことですか？」

慌てて手を引っ込めたエリスが、獣を見るような目を皇帝に向ける。

対する皇帝は暴君らしく傲慢な態度でエリスを見下ろした。

「お前の父親が娘を帰せと煩くてな。さらに大臣達は毎日のように皇后を迎えろと進言してくる。鬱《うっ》陶《とう》しいことこの上ない。そこで、いい案を思いついた」

「い、いい案とは？」

頭の中で警鐘が鳴り響くのを感じながら、嫌な予感しかしないエリスは怯えた眼差《まなざ》しで目の前の男を見上げた。

フッと笑った皇帝は、その赤い瞳いっぱいにエリスだけを映していた。

「誰にも文句を言わせず、合法的にお前を手に入れる方法だ」

「……えっと？」

くるりとエリスごと回された椅子。その背もたれの上に皇帝の手が置かれ、間にいたエリスはその腕の中に囚《とら》われるような形になる。

「俺のものになれ、エリス」

「はい？」

（これは……プロポーズなの？）

皇帝のこれでもかというほど整った美しい顔を目の前に見せつけられながら、エリスは汗が止まらなかった。

「お前が皇后になれば全て解決だ。俺はお前を帰さなくて済むし、皇后を迎えろと小煩い連中も黙らせられる。これで一石二鳥だろ？」

「いや、あの……言いたいことはたくさんあるんですが、そもそも私に皇后なんて」

顔を背けようとしたエリスだが、そのまま顎《あご》をクイっと持ち上げられ、逃げ場をなくしてしまう。皇帝の美しすぎる顔面が至近距離に迫ってくる。

「お前のような面白い女はこの世に二人といない。絶対に離すものか。お前が生み出す小説も含めて、お前を永遠に俺の元に縛り付け、俺だけのものにしてやる」

「陛下……」

皇帝はニヤリと笑いながら、驚愕の表情で自分を見上げるエリスへと、更に身を寄せ迫った。

「だからこの誓約書にサインして、今すぐ俺と結婚しろ」

視界の端で揺れる、婚姻誓約書。

「陛下、私……ッ」

この状況にエリスは震えた。こんな感情は、未だかつて経験したことがない。ドキドキが抑え切れず、脳内から身体中に痺《しび》れが走り、瞳孔は開きっぱなしだ。

「さあ、エリス」

皇帝の手がエリスの頬を撫でる。

堪え切れないほどの激情を身の内に迸《ほとばし》らせたエリスは、勢いのままに皇帝の胸ぐらを摑んで引き寄せた。

「私……ッ！　今とんでもないインスピレーションが湧いてきました！　こうしちゃいられません。

本を、本を書かせてください！」

氷のような美貌の暴君皇帝が、地味でなんの取り柄もない令嬢に俺様プロポーズをする。

椅子ドン顎クイで強引に結婚を迫り、抵抗など無視して身を寄せ、そして……なんて。こんなにいい題材を、逃す手はない。

「新作がっ、新作の構想が止まりません！　今すぐ！　今すぐ書いてもいいですか⁉」

「あ、ああ。そうか、それはいいことだ。いくらでも書け」

エリスに揺さぶられ、その圧に押されながらも、皇帝は執筆への意欲を燃やすエリスを全肯定した。

「ありがとうございます！　陛下は好きなだけ、積んである原稿を読んでくださいね！」

そして皇帝から手を離し、くるりと回って机に向かったエリスは猛烈な勢いでペンを動かし始めた。

完全に背を向けられた皇帝は虚《むな》しくその背中に呼び掛ける。

「エリス、それで……婚姻誓約書のサインは？」

「今忙しいんで後にしてください」

「………」

サインの途中までしか書いてもらえなかった婚姻誓約書を見下ろす皇帝の横顔は、可哀想なくらい物悲しげだった。

◆

「……結局何も解決していないではないですか」

呆れたようなジェフリーの言葉に、皇帝はギロリと睨《にら》みを利かせた。

「黙れ。新作を書くと言われたら、待つしかないじゃないか」

すっかり忠犬の如くエリスに振り回されている皇帝を哀れに思いながら、ジェフリーは咳払いをする。

「ゴホン。しかしながら、トランチェスタ侯爵の件も、立后の件も急がなければ」

「だからそれはエリスを皇后にすれば全て解決する」

「それは何度も聞きました。ですが、その話は一向に進んでいないではありませんか」

「仕方ないだろう。エリスは忙しいんだ」

「はぁ……陛下。ご自身がこの国で最も多忙だということを自覚しておいでですか？」

「あの……そもそも私に皇后なんて務まりません。私はただの地味な侯爵令嬢ですよ？　無茶を言わないでください」

執筆が一段落したところで二人の会話が聞こえていたエリスは、自分をダシに言い争う二人へと不満そうに文句を口にする。

エリスのほうへと振り向いた皇帝が、エリスと同じく不満げなジェフリーにも目を向けて、コツコツと歩き出した。

「エリス。お前はそう言うが、これはそこまで無茶な話でもないぞ。……例えば」

自慢のエリストラ作品専用特注本棚に近付いた皇帝は、その中から一冊を抜き取ると、エリスの前に示す。

「この本の中に出てきた宰相の政策、これはどのように考えついた？」

問われたエリスは、眼鏡を直しながら素直に答える。

「切れ者宰相を演出するために、片っ端から政治を勉強しました。特に近年目覚ましい発展を遂げたキュイエール王国の政策を参考にして作品の国の体制に落とし込んだんです」

感心したように頷いた皇帝は、ニヤリと笑うととんでもないことを口にした。

「ふむ。実はこれを参考にして、本当にこの政策を実施することにした」

「はい？」

「来月から施行予定だ」

皇帝がピラピラと振ってみせたのは、新政策の改正法案だ。既に帝国議会で承認済みの書類がエリスの前に揺れている。

「その政策、エリス嬢の小説から思いついたんですか……」

絶句するエリスの後ろで、ジェフリーは驚きと呆れから頭を抱えた。

そんな二人の様子をものともせず、皇帝は別の本を本棚から抜き取ってエリスに見せる。

「こっちの話のヒロインはザハルーン王国の出身だが、実によくザハルーン王国の文化が描写されている。他国の文化をどのように勉強した？」

聞かれたら答えるスタンスのエリスは、その本を執筆した当時のことを思い返しながら、今度も淡々と答えた。

「本を読み漁りましたが、本だけでは足りず旅行と称して実際にザハルーン王国へ視察に行きました。それからザハルーン語も勉強して、本場の文献を調べているうちに、ザハルーン王国の外交官と仲良くなりまして、直接色々教えてもらいました」

この話に反応したのはジェフリーだった。

「ちょっと待ってください、あの堅物で有名なザハルーン王国の外交官とコネクションが……？」

「結構気さくな方ですよ。神官を輩出する家柄の出で、ザハルーン文化に誇りをお持ちのようです。一度仲良くなると親身になってくださり、今でもお手紙をやり取りしています。他にもウィスカーズ王国やロシュレウ王国、ルキア王国にロムワール王国の外交官とも、似たような経緯で親しくさせていただいておりますわ」

「…………」

信じられないものを見るように、ジェフリーがエリスを見て言葉を失う。

三冊目の本を抜き出した皇帝は、更にエリスに問い掛けた。

「商人が主人公のこの本に出てくる商売についてはどうやって思い付いた？　トランチェスタ侯爵家は特に商売に力を入れていると聞いたことはなかったが」

「数年前に侯爵領に滞在していた商会の会長と話をする機会があり、そこから着想を得ました。当時は小さな商会でしたが、会長の熱意に感化されて印税で得たお金を全部彼に投資したんです。そうしたらそのお金を元手に新規事業を拡大したようでして、とても感謝されました」

「数年前、侯爵領に……その商会ってまさか……」

ジェフリーがビクビクしながら呟くと、エリスは当時を思い出したのか、楽しそうにジェフリーに目を向ける。

「オニクス商会です。ご存じですか？」

「当然でしょう。四年前に魔晶石の新規事業を始めてから、毎年世界最高の売上を叩き出しているという、あの商会ですよね？　今ちょうど我が国も取引交渉に手を挙げているところですが、なかなか良い返事がなく……。その商会に投資して商会長とも懇意にされていると……？」

驚きを通り越して引き気味のジェフリーに、エリスは肩をすくめた。

「本気か冗談かは分かりませんが、私が呼べばいつでも帝国に来てくださるそうです。私が投資した資産も凄いことになっているとか。どうせ使い道もないので預けっぱなしにして新たな投資に回してもらっていますが」

「…………」

絶句するジェフリーの後ろから、皇帝が呆れたように首を振る。

「お前は充分、皇后に向いていると思うが」

皇帝にそう言われ、エリスは心底不思議そうだ。

「はい？　どこがですか？　私は本を書くことしか能のない地味令嬢ですよ？」

本気でそう思っていそうなエリスを見て、皇帝とジェフリーはなんとも言えない顔をしていた。

「ジェフリー、お前はどう思う？」

皇帝から問われた秘書官が、大仰に頭を下げる。

「トランチェスタ侯爵家は由緒正しい名家であり、身分的にも充分釣り合いが取れます。そしてエリス嬢がお持ちの知識やコネクションは、必ずこの帝国に利をもたらすことでしょう。特にザハルーン王国の外交官やオニクス商会との繋がりの件は、我が国の諸問題解決のためにも立后の件とは関係なく、ぜひご相談させていただきたいものです」

啞然とするエリスなどお構いなしに続けるジェフリー。

「その上権力への欲がなく、とても謙虚であられますので陛下の障害になるようなこともないでしょう。……失礼ながらエリス嬢は少々華やかさには欠けるかもしれませんが、それは着飾ればいくらでもどうにかなります。充分皇后陛下としての素質はおありかと。いいえ、寧ろ諸問題解決のためにもぜひエリス嬢を皇后陛下にお迎えしたいところです」

言い切ったジェフリーを見下ろす皇帝は、勝ち誇ったようなドヤ顔を見せていた。

「お前は本当に……何も分かっていないないな」

「はい？」

「いいか、これは一時的に公開する極秘情報だ。心して見ておけ」

そう言って皇帝はエリスに近寄ると、流れるような動作で眼鏡を外した。

「なっ！」

エリスの素顔を見たジェフリーは、両手で口元を押さえて驚愕に目を見開いた。

「これは……ッ！　政治の知識も外交のコネクションも世界的な商会との繋がりもあって聡明《そうめい》で才能に溢れその上こんな……ッ！　陛下！　あなたって人はなんて羨ましい！」

「……私の顔がそんなに変なんですか？」

目がよく見えないエリスは、ジェフリーがいるであろう方向に向かって首を傾げた。

「はうっ……！　美の暴力で目がッ」

目を押さえて大袈裟に叫ぶジェフリーに皇帝は見せつけるようにエリスの横に並ぶ。

「あぁ、美貌の陛下と並ばれると余計に目が焼けそうです……！」

「……不細工なら不細工と正直に言ったらどうなんですか？」

エリスが恨めしげにそう言うと、皇帝は楽しそうに否定した。

「何を言ってる。お前の顔より美しい顔は見たことがないぞ？」

「陛下に言われましても……」

冷酷だろうが暴君だろうが、関係ないくらいに輝く絶世の美貌。そんな皇帝に美しいと言われたところで、下手なお世辞にしか聞こえない。

「なんということだ。まさかこんな逸材が隠れて暮らしていたとは。婚姻を急がれる陛下の心情、お察しいたします」

「グズグスしている間に横から掻《か》っ攫《さら》われては堪ったものではないからな」

口を尖《とが》らせるエリスなどお構いなしに盛り上がる皇帝とその秘書官。

「誠に羨ましい限りです、陛下」

「ふふん。お前には手に入らない最高の女だ。一生羨んでいろ」

「えっと、私まだ皇后になるとは承諾していないのですが……」

エリスの呟きは盛り上がる二人には届いていなかった。

第七章　猪突猛進《ちょとつもうしん》

「そういえば、陛下がずっと追いかけていた冷血騎士と王女の物語は完結したのですか？」

「あと少しだ。エリスの話だと、今日中に仕上がるそうだ」

「だからこんなに早く仕事を終わらせてエリス嬢の元へ向かっているのですね……」

ジェフリーの呆れ声を無視した皇帝は、足取りも軽やかにエリスの部屋に向かう。エリスは昨夜も猛烈な勢いで執筆を続け、明け方二人で寝落ちするまでその勢いが止まることはなかった。

きっと今頃は書き上げられた原稿が山のように積まれていることだろう。

待ち切れない皇帝はノックもせずに部屋に入った。しかし、そこにあったのは原稿の山ではなかった。

「エリス？」

皇帝が見つけたのは、グッタリとベッドに横たわり空虚な目を宙に向けるエリスだった。

「どうした？」

尋常ではないその様子を見て、恐る恐るエリスに近寄りながら問い掛ける皇帝。

「……私はもう終わりです……」

あまりにも穏やかではないその返答に、皇帝は跳び上がってエリスの元に駆け寄った。

「なんだ？　いったい何があったというのだ？」

「作家にとっての大敵に、突然襲われました」

「なに？　奇襲にあったのか!?　お前を傷つけるとは絶対に許さん！　その大敵とはどこのどいつだ！　俺が八つ裂きにしてやる！」

激昂《げっこう》した皇帝がエリスを助け起こそうとすると、エリスは苦しげに右手を突き出した。

「これです」

「ん？」

「相手はこの……腱鞘炎《けんしょうえん》です」

「けんしょうえん？」

震えるエリスの右手を、わけも分からずジッと睨む皇帝。

「手が……痛くて痛くて痛くて、何も書けないんです！」

悔しげに歪むエリスの顔を見てやっと状況を理解した皇帝は、急いでジェフリーを振り返った。

「ジェフリー、今すぐ侍医を……いや、大神官を呼べ！」

「は、はい……！」

慌てて走り去っていくジェフリー。皇帝と二人になったことで安堵《あんど》したのか、エリスは眼鏡を押し上げるように目元を拭いながらしゃくり上げ始めた。ぼたぼたとこぼれ落ちる涙が痛ましい。

「うぅ……書きたいのに書けないぃ……」

ギョッとした皇帝は、慌てて自らの袖でエリスの目元を拭うと、本当に苦しそうに囁いた。

「な、泣くな。お前が泣いたら……どうしていいか分からなくなる」

それを聞いたエリスがすかさず涙を引っ込めて顔を上げる。

「陛下、それってまさか……」

「……そうだ」

今や目と目で通じ合う関係の二人は、手を取り合って興奮を分かち合った。

「血も涙もない冷血なヒーローが、ヒロインに絆《ほだ》されて優しさを知る……あの王道展開！」

「ああ、今まさにその気持ちがよく分かった。なんだこの胸が捩《よじ》られるような感情は！　お前が泣くと自分のことのように苦しい！　お前を泣かせる者は誰であろうと許さないと思ってしまう。あぁ、どうにかなりそうだ！」

「優しさの中にも狂気があるその情熱……どうしましょう、キュンキュンしてしまいます」

一瞬で元気になったエリスを支え、残った涙の跡も拭いてやりながら、皇帝は優しい目を彼女に向けていた。

「どうだ、また新しい話が書けそうか？」

「はい。今すぐにでも書きたくて堪りません！　でも。だから、余計に……つらいです」

再び涙が込み上げてきたらしいエリスを見て、慌てふためく皇帝。

「わっ、エリス、しっかりしろ！」

「うぅ……陛下ぁ」

「…………‼」

エリスは勢いのまま皇帝に抱き着いた。えぐえぐと泣くエリスにぎゅうぅっと縋り付かれた皇帝は、心臓が飛び出るほどにドキドキしていた。

「ごめんなさい、せっかく陛下が楽しみにしてくださっていたのに……っ、書き上げられなくて……」

「いいから、そんなことは気にするな」

いつも図太いエリスが。こんなに弱っている。

そして他の誰でもなく自分を頼り、こんなふうにしがみついてくるなんて。

（なんだこの気持ちは……）

ドクン、ドクン、と痛いほど鳴る心臓が抑えられない。

「でも、でも……、陛下が私をおそばに置いてくださるのは、小説を書くからでしょう？　何も書けない今の私には、なんの価値もないじゃないですか」

ぐすぐすと子供のように泣きじゃくるエリスの後頭部をそっと摑み、皇帝は自分の胸に押し付けた。

「違う。そうじゃない。俺は小説がなくてもお前を……」

ただただ泣き止んでほしいと願い、どうにかしてやりたいと思わずにはいられない。しかし、皇帝がその先を口にする前に、ジェフリーが大神官を連れて戻ってきてしまった。

仕方なくエリスを放した皇帝は、その華奢《きゃしゃ》な体の温かさが妙に名残惜《なごり》しく思えたのだった。

「手を使いすぎたのですね。少々失礼いたします」

ジェフリーが呼んできた大神官は恭しくエリスの手を取ると、聖力を注ぎ込むため握るように手を当てた。

「……ッ！」

「陛下？　どうされました？」

その一連の仕草を見てどういうわけか立ち上がった皇帝に、ジェフリーが不思議そうな目を向ける。

「いや……。なんでもない」

ジェフリーの声で我に返ったのか、皇帝は座り直す。

「熱を持っておりますね。この辺りも痛みますか？」

「はい、あとここも……」

大神官の手に手を重ねてエリスは症状を訴えた。

「……ッ！」

「陛下、先ほどからどうされたのです？」

再び立ち上がった皇帝にジェフリーは目を丸くする。

「いや、気にするな」

そう言いながらも皇帝は人を殺してしまいそうな目を大神官に向けていた。

結果として、大神官の聖力でエリスの腱鞘炎はあっという間に完治した。

正常で少しも痛まない手と共に、元気と図太さを取り戻したエリスは、遅れを巻き返すため執筆に専念するからと、皇帝をあっさり部屋から追い出した。

「ジェフリー」

「は、はい」

追い出された皇帝が暴れやしないだろうか、と警戒していたジェフリーは、仰ぎ見た皇帝の顔が困惑しているのを見て目を見開く。

「陛下？　いかがされました？」

「それが……妙なのだ。先ほど大神官が治療のためエリスの手を握った途端、こう……モヤモヤというか、言い知れぬ不快感が全身を襲った。まるで自分の大切なものをベタベタと汚い手で汚されているかのような」

「それは……」

心当たりのあるジェフリーがハッとすると、皇帝も自ら導き出した答えを口にする。

「まさか、これが嫉妬《しっと》か？」

「！」

「これが嫉妬ということは、俺はエリスを……独占したいと思っているということではないか？」

「‼」

「もしかして……これが愛なのでは？」

皇帝の話を聞いていたジェフリーは、感動に声を詰まらせていた。

「陛下……！　とうとう人間らしい思考をお持ちになって！」

「いや、ちょっと待て。違う。それだけじゃない。エリスのことを考える度に強くなるこの胸の高鳴り。よもや、これが恋なのでは？」

「ああ、陛下……！」

感激したジェフリーは、思わず皇帝の手を取っていた。

「あんなに……あんなに感情の欠落していたお方が、愛や恋を語られる日がくるとは……！　陛下にお仕えして十数年、こんなに喜ばしい日は初めてです！」

「大袈裟な……」

泣くほど感激しているジェフリーに引きながらも、皇帝は心の中に芽生えた感情が決して不快ではないと思う。

温かく、くすぐったいが柔らかなこの感情を大事にしてやりたいと思うほどに。

「いえ、違います。それは愛でも恋でもありません」

だが、早速エリスの元を訪れ自分の感情について話した皇帝は、当事者であるエリスに真っ向からその考えを否定された。

第八章　一心不乱

「いえ、違います。それは愛でも恋でもありません」

腱鞘炎が治り正気を取り戻したエリスは、すっかり以前のような塩対応に戻ってしまっている。それはそれでキュンキュンしながら、皇帝は尚《なお》も言い募った。

「……だったらこの気持ちはなんだ？　お前のことを独占したくて嫉妬までしたんだぞ⁉　これが愛や恋じゃないと言うのなら、いったいなんなのだ⁉」

机から離れ、眼鏡を直したエリスは真っ直ぐに皇帝を見ると、堂々と断言する。

「それはただの執着です」

「執着？」

不思議そうな皇帝に、エリスは幼子にするように親切に説明し始めた。

「陛下は他の男が私に触れると、その相手を殺したくなるんですよね？」

「そうだ」

「私の隣に自分以外の者がいると思うだけで、虫唾《むしず》が走るんですよね？」

「間違いない」

「私と一緒にいる時は心が落ち着いて、離れると心が騒《ざわ》つく」

「うむ」

「私が陛下以外の者に笑いかけるのは許せない、自分以外と触れ合うなど以《もっ》ての外《ほか》、少しの間でも離れていたくない、自分の手の届かないところにいくのが嫌で仕方ない」

「その通りだ」

コクコクと頷く皇帝を見ながら、エリスは納得したように微笑んだ。

「でしたらそれは執着です」

「？？？」

分からない、と皇帝は首を傾げる。なかなか納得しない彼に向けて、エリスは体ごと向かい合い、穏やかな表情で諭した。

「愛しているのなら、どんな状況だってその人が笑顔なら嬉しいはずです。恋しているのなら、一緒にいて心が落ち着くどころか年中騒めきたっているはずです。よってそれは愛でも恋でもない、ただの執着なのです」

「なるほど……？」

エリスが言うのならそうなのか、と思いながらも、釈然としない心持ちで皇帝はひとまず頷いた。

そんな彼を、エリスは眩しそうに見つめる。

「陛下は私を〝面白い女〟だと思ってくださり、手放したくないと執着されているのだと思います。ですが陛下には、恋に落ちて愛し合えるような、もっと素敵な女性との出会いがあるはずです。皇后陛下にはそんな女性をお迎えください」

エリスのその言葉に、皇帝はツキンと胸の痛みを覚えた。

自分がエリス以外の女を愛する日がくる。それは想像しただけで胸の奥がザワザワして気持ち悪くなる異常事態だ。

「だが、エリス。……愛だろうが恋だろうが執着だろうが、そんなことは関係ない。お前が俺の特別であることに変わりはないじゃないか」

彼女にこのモヤモヤを分かってほしい。その一心で、皇帝はエリスへと必死に想いを伝える。

「そもそも、お前以外の女なんて見分けすらつかない。どいつもこいつも派手に着飾ってピーチクパーチク煩い鳥のようだ。俺にとってはお前だけが特別なんだ。他の女なんて欲しくない」

ハッと目を見開いたエリスは、感じ入ったように頬を染めた。

「待ってください、陛下。今のお言葉を書き留めますので。とても良い台詞《せりふ》をいただきました」

「ああ、好きに使ってくれ。今のは我ながら良かったと思う」

その反応がエリスらしくて笑ってしまった皇帝はドヤ顔で答える。

嬉しそうにメモを取る彼女の横顔を見ていた皇帝は、どうしても気になって問い掛けた。

「……なぁ、お前にとっても俺は特別か？」

子供が親の機嫌を窺《うかが》うような、仔犬のような目でエリスを見つめる皇帝に、顔を上げたエリスは当然のように大きく頷いた。

「もちろんです！　陛下といると次から次へと創作意欲が湧き立ってきますもの。その美しいお顔も、突飛で王道な言動も、何もかもが私の中のインスピレーションを刺激してやみません」

ニコニコと微笑みながら、皇帝の手を取るエリス。

「陛下は私（の創作）にとって、なくてはならない特別な人ですわ」

「……そうか。ならいい」

エリスの言外の言葉には気付かずに、安心したように息を吐いた皇帝は、嬉しさにニヤける口元を隠し切れていなかった。

◆

「……あの、ところで陛下。ずっと気になっていたのですが、どうしてそんなに私の小説をお気に召してくださったのですか？」

今更なことを聞くエリスに、皇帝は呆れた目を向けた。そして幼な子が自らの悪事を告白するかのように口を尖らせる。

「俺には愛も恋も夢も希望もなかった。そんなものは俺の人生において不要だった。殺戮《さつりく》、暴力、謀略、欺瞞《ぎまん》。この皇室で生き残るために必要なものはそれくらいだったからな。それが……お前の本を読んでから、俺の世界は変わった」

人を人とも思えないような人生を歩んできた皇帝にとって、愛と希望に溢れたエリスの物語は衝撃的だったと言う。

「それまでの自分が作り替えられてしまうみたいだった。こんな俺でも〝情〟というものを知れる気がする。お前が書く小説は俺を〝人間〟にしてくれる。化け物のように破壊しか知らなかった俺の世界が開け、新たな生きる意味を見出《みいだ》せる気がした」

拗ねたように尖らせている皇帝の口元にほんのりと照れが見え、エリスは目の前の〝暴君〟がどこにでもいる普通の青年に見えた。

「だから……もっと新しい話を書いて寄越せ」

まだ机の上に未読の原稿があるにもかかわらず、もっと寄越せと催促する皇帝はいつも通り傲慢極まりない。

「今以上に書けということですか？」

「そうだ、書け。死ぬ気で書け。好きなだけ、その命が尽きるまで書き続けろ。……俺のそばで」

命令と言うよりは懇願に近い皇帝の言葉を受けたエリスは、眼鏡の奥の瞳を瞬かせた後、ゆっくりと微笑んだ。

「はい。分かりました」

「本当か？　ずっとそばにいてくれるのか？」

「陛下が私の小説に飽きるまで、おそばにおりますわ。こんなにも私の小説を求めてくださる陛下ですもの。それに、ここは執筆に没頭できる最高の環境です。私にとっては居心地《いごこち》が良過ぎて困ってしまうくらいです」

周囲を見回したエリスは、キラキラと輝く調度品に囲まれた室内で皇帝と出会ってからのことを思い返した。

「実は私、陛下に出会うまで、小説を書くことはもう諦めなければならないのだと思っていました」

「なんだと？」

思わぬ話に身を乗り出す皇帝。

「父や兄のために、家柄のいい家門に嫁がなければと。嫁いでしまったら、その家門のために行動しなければなりません。もう小説を書くことはできないだろうと思っていました。でも、あの夜会で陛下の前に連れ出されて、全てが変わりました」

拘束具を付けられて初めて間近で見た皇帝の顔を思い出したエリスは、クスリと笑う。

「あの日、私に皇宮に留まって執筆するよう命じてくださってありがとうございます。陛下のご命令がなければ、私は志半ばでペンを折ってしまっていたでしょう。ですから作家〝エリストラ〟を繫ぎ止めてくださった陛下のために、今後も物語を生み出し続けます。だってこの国に陛下に敵《かな》う者などいないのですもの」

その話を聞いた皇帝は、意気込むように声を弾ませた。

「お前が望むなら、なんだってするぞ。他国を侵略してこいと言われればそうするし、どんな贅沢《ぜいたく》でもさせてやる」

「まあ、ありがとうございます。それじゃあ早速、出版社の編集ルークを呼んでくれますか？」

「出版社？　……何故？」

動きを止めた皇帝が眉間に皺を寄せる。

「そろそろ書き上がった原稿を渡しませんと」

「……この原稿を渡すつもりか？」

エリスが皇宮に来てから今日まで、それこそ本が三冊はできそうなほどの原稿が仕上がっていた。

大量に保管してあるその原稿を見て、皇帝は眉を寄せる。

「もちろんです。父のことで続きを書くのは諦めていましたが、せっかく冷血騎士と王女の話が完結するまで書けた上に、新作もできたのですから。待ってくれている読者さん達に届けるのは当然です」

「……ヤダ」

「はい？」

「いやだ！　お前もお前の小説も、全て俺だけのものだ」

駄々をこねる我が儘な子供のようなことを言い出した皇帝に、エリスは再び諭すような目を向けた。

「陛下、想像してみてください。私の小説が……その続きや新作がこの世に存在しているのに、読めないとしたらどう思います？」

「………」

拗ねたようにそっぽを向きながらも、ピクッと反応する皇帝。

「誰か一人がそれを独占して、絶対に外に漏れないようにしてるんです。そんな状況、耐えられますか？」

その状況を想像した皇帝は、正直に答えた。

「無理だ……その者の首を刎ねてなんとしても小説の続きを手に入れなければ気が済まない」

「私の本を待ってくれている読者さん達がそんな心理になって、陛下に対し反乱でも起こしたらどうするんですか？」

再び反応した皇帝に、エリスは最後の追い打ちをかけた。

「それとも陛下は、私のこの原稿が本になるのを見たくないんですか？　エリストラの新作を、あの自慢の本棚にコレクションしたくないんですか？」

ピクピクッと更に反応した皇帝は、自分の自慢のコレクション本棚を見た。

いつでも新刊を追加できるように、少しだけスペースを空けてあるその本棚。

そこに新作が入る日を、皇帝はずっと心待ちにしていたのだ。

「……分かった。今すぐに出版社の者を呼ぼう」

陥落した皇帝は負けを認めるかのように頷いた。その回答にエリスは満足げに微笑んだ。

「まったく。お前には敵わないな……」

渋々と扉に向かい、皇帝がジェフリーを呼ぼうとしたその時。

ノックの音と共に、ジェフリーの方が二人の元にやってくる。そして、緊張した面持ちで皇帝に告げた。

「陛下！　サンタマリーニ神聖国から抗議文が届いております。帝国を破門にすると」

「なんだと⁉」

一瞬で険しい顔になった皇帝がジェフリーの持つ書状を取り上げた。

「陛下の度重なる極悪非道な所業に加え、神聖国への寄付金を減らしたことが原因かと」

ワナワナと震え出した皇帝は怒りに任せて書状を握り潰した。

「だったら今すぐにあの国を滅ぼしてしまえ！　くだらない信仰などどうでもいい！」

怒鳴る皇帝に抗《あらが》うこともできず、言葉に詰まりながら深々と頭を下げるジェフリー。

そんな二人のやり取りを見ていたエリスだが、緊迫した空気の中に割り込んで堂々と口を開いた。

「陛下。差し出がましいことは重々承知しておりますが、それではなんの解決にもなりません」

真っ向から否定されたことに驚いた皇帝がエリスを見る。

「何故だ？　俺の何がいけないというんだ？」

本当に分からない、という顔をする皇帝に、エリスは優しい声音で答えた。

「そもそも陛下のやり方ではいつか限界がきます。ただ力で押さえ付けるだけが政治ではありません」

皇帝の顔が歪む。

「俺は……力で押さえ付け侵略し、奪略し、蹂躙《じゅうりん》して恐怖でねじ伏せる政治しか知らない。欲しいものは奪い取り気に入らないものは排除する。他のやり方など教わりはしなかった」

拗ねたように呟く皇帝が子供のように見えて、エリスは彼に寄り添いたいと思ってしまった。

「広い世界に目を向ければ、さまざまな手法を用いて国を治め良政を敷く明君は数多くいます。私は陛下も讃《たた》えられる明君になれると信じております」

皇帝の隣に座り優しく諭すエリス。

「俺を信じるだと？　俺は周りが俺をどう思っているかよく知っている。血も涙もない暴君。悪魔。化け物。目が合っただけで殺されると怯《おび》えられる俺が、違う方法でこの国を導けると？」

挑むような皇帝の視線を真っ向から受けたエリスは、怯むことなく彼の目を見返した。

「はい。他の誰がなんと言おうと、私は陛下を信じています。間近で陛下と過ごしてきた私が言うのです。間違いありません」

一度俯《うつむ》き、すぐに顔を上げた皇帝はエリスの手を取ると子供のようにまっすぐな瞳で懇願した。

「じゃあ、お前が教えてくれ」

「え？」

「他の奴《やつ》の言葉なら聞く気はないが、お前が言うならその通りにする。俺が皇帝としてどのように国を導くべきか、そばで教えてくれ。お前になら従ってもいい」

「なっ」

真剣な眼差しで射貫かれたエリスは困惑すると同時に、縋るように熱心な皇帝の言葉に顔を赤くした。

「邪魔者を排除するやり方しか知らなかった俺に、他の方法を説いたのはお前が初めてだ」

「陛下……」

エリスの目には、彼がこれまで背負ってきた孤独が見えた気がした。

誰もが恐れる暴君。

無慈悲で極悪非道な悪魔。

そんな肩書を持つ皇帝アデルバート。

以前ジェフリーから聞いた話がエリスの脳裏に蘇《よみがえ》る。

『陛下は幼い頃から皇位継承争いに巻き込まれ、家族の愛情というものとは無縁の生活を送ってこられました』

親兄弟を自ら手にかけたという彼には家族もおらず、気を許せる友もなく、誰よりも孤独な存在なのかもしれない。

そう思った瞬間、エリスはどうにも堪らなくなって皇帝の手を握り返していた。

エリスの手に力が入ったのを感じた皇帝は、その手に勇気づけられるように心の内を吐露した。

「自分でも不思議なんだ。お前になら何を言われても苛立《いらだ》ったりしない。小言も嬉しく思う。こうやって隣にいるだけで安心するし、真正面から諭されると……なぜか胸が熱くなる」

エリスをまっすぐに見つめる瞳は恐ろしい赤色とは裏腹に切実だった。

信頼とも執着ともとれる彼の言葉を聞いたエリスは、人々に恐れられる皇帝が可愛らしく見えてきて困る。

「陛下は私に何を望んでおられるのですか？」

「前から言っているだろう。俺のものになって一生俺のそばで俺を支えてくれ」

「…………ッ！」

顔を真っ赤にしたエリスは慌てて皇帝から目を逸らした。

いつものように軽口を返すには、あまりにも皇帝の目が真剣だった。

決して気づいてはいけない何かに気づいてしまいそうになって、エリスは拳を握りしめる。

「助言程度なら、差し上げてもいいですよ」

そっと漏らしたエリスの呟きに苦笑する皇帝。

「なんだ、やはり皇后になる気はないのか？」

「それはご容赦ください」

芽生えてしまいそうな何かに蓋をして、エリスは笑ってみせたのだった。

第九章　依々恋々

「まずはサンタマリーニ神聖国への寄付金について教えてください」

皇帝に助言をすると言ってしまった手前、エリスはルビー宮を出て皇帝の執務室に来ていた。

早速本題に入ったエリスは皇帝とジェフリーに向けて自らの見解を述べた。

「陛下の所業も破門の理由に挙げられていましたが、神聖国にとって問題なのは寄付金の方でしょう。あの国は他国からの寄付金で維持されているようなものですから」

エリスの言葉にジェフリーが素早く寄付額の帳簿を持ってくる。

「……どうしてこんなに大幅な削減がされているのですか？」

帳簿を見たエリスは驚愕した。

ここ数年で半分以下に減らされている寄付金額。顔を上げたエリスは説明を求めるように皇帝を見た。

「どうしてもなにも、なぜ他国に寄付などしなければならない？　たかだか信仰なんぞのために。そんなものは無用だから打ち切れと言ったんだが、大臣達が泣きついてきてその額で手を打ったんだ」

悪びれることもない皇帝の〝暴君〟と呼ぶに相応《ふさわ》しい発想にエリスは眩暈を覚える。

「確かに何もかもをお待ちの陛下には無縁でしょうが、帝国民の中には神を信じる熱心な信者が多数います。教皇聖下や聖女様がいる神聖国から破門されれば国民からの反発が大きくなってしまいますよ？」

「知ったことか。帝国内にも神殿はあるし、神官もいるだろう。それで充分ではないか」

エリス自身も神を信じ崇《あが》めているわけではないが、皇帝はそれ以上に信仰の重要性や民衆の心理を理解しきれていない。

（……だからジェフリーさんは陛下の情緒を育てようとしていたのね）

帝国に限らず、周辺諸国の神殿はサンタマリーニ神聖国のお墨付きを得て運用されている。神聖国への寄付金はその見返りとしての機能がある。

帝国全体が破門されてしまえば帝国内にある神殿や神官も当然ながら破門される。

民衆は縋る信仰の対象を失い、神をも恐れぬ暴君に対して嫌悪感や不信感を抱くはず。

その時に起こるであろう暴動を考えると、ここはなんとしても皇帝を説得しなければ。

エリスは情緒が芽生え始めたばかりでロマンス小説の偏った感情しか学習していない皇帝に信仰心を説くのは無理だと判断して、別のアプローチを考えた。

「陛下、いいですか？　神を信じ崇める心。すなわち信仰心とはとても厄介で非常に恐ろしいものなのです」

そばで二人のやり取りを聞いていたジェフリーは、エリスの言葉にギョッとして目を見開いた。

「厄介で恐ろしいだと？　たかが神を信じることが？」

「そうなのです。狂信的な信者の中には、神を信仰することに関して病的なまでに盲目的となり、神を冒瀆《ぼうとく》するくらいなら死んだ方がマシだと、神聖国との繋がりを絶とうとする陛下に戦いを挑む者もいるでしょう」

「なんと愚かな……」

皇帝の顔が曇ったところでエリスはすかさず畳み掛けた。

「神聖国への寄付金は決して少ない額ではありませんが、それさえ納めていれば反乱の芽を摘めるのです。無用な暴動を事前にお金で防げるのですから、妥当な投資だと思いませんか？」

立ったまま話を聞いていたジェフリーは心の中でエリスに拍手を送った。

ジェフリーであれば宗教がいかに民衆の支えになっているのかを切々と説いて今ごろ執務室を追い出されていたであろうが、皇帝にそれを理解させるのは無理だと諦めたエリスは分かりやすい利益だけを提示したのだ。

「……なるほど」

目から鱗《うろこ》が落ちたとばかりに一瞬で納得した皇帝は、すぐさまジェフリーに目を向ける。

「寄付金をもとの額に戻せ」

「はっ、仰せのままに」

ホッと胸を撫で下ろしながら頭を下げたジェフリーに、エリスからも声が掛かる。

「ジェフリーさん、念のため私からも教皇聖下にお手紙を書きます。陛下の所業がどうのこうのと言っていた部分についてはそれでどうにかなるでしょうから」

エリスの言葉にジェフリーは固まった。

「それはまさか……エリス嬢は教皇聖下とも親交がおありということですか？」

「ええ、まあ。少しだけ」

あっけらかんととんでもないことを言うエリスに顔を引き攣《ひ》《つ》らせながら、ジェフリーは即座に頭の中の算盤《そろばん》を弾《はじ》いた。

「あの、エリス嬢。この際ですからご相談なのですが、実はここのところザハルーン王国からの輸入品の価格が高騰してまして、外交官に交渉を持ちかけているのですが難航しております。どうにかエリス嬢のお力で外交官にお取り次ぎいただけませんでしょうか」

ここぞとばかりに頼み込んでくるジェフリーに、エリスは呆れながらも頷く。

「仕方ないですね。外交官のラーシド様にそれとなくお伺いを立ててみます」

「ありがとうございます！　ついでにオニクス商会との魔晶石取引についても色好い返事をもらえていなくてですね……」

ジェフリーがなかなかいい性格をしていることは既に察していたエリスは、苦笑しながら肩をすくめた。

「はあ……分かりました。商会長に連絡しておきます」

「流石はエリス嬢！　我が国の皇后陛下が務まるのはやはりエリス嬢しかおりません！」

大袈裟なジェフリーに口を尖らせるエリス。

「そんなに煽《おだ》てても皇后にはなりませんよ。私が協力するのは陛下の手助けをすると約束してしまったからです」

「ふっ。聞いたかジェフリー。全ては俺のためだ」

ニンマリと笑う皇帝にため息を吐いて、エリスは真面目な目を向けた。

「いいですか、陛下。これからは無闇に人の首を刎ねてはいけません。陛下の評判が下がるだけですから。どんな人間にも利用価値はあるものです。とりあえず生かしておいて活用する方法を考えてください」

面と向かって説教をしてくるエリスに、皇帝はなんとも言えない胸の高鳴りを感じて素直に頷いた。

「分かった」

「約束ですからね？」

「ああ。……約束する」


「一時はどうなることかと思いましたが、エリス嬢のお陰で全て解決しましたね」

エリスが執筆のためにルビー宮へと去り、二人になった皇帝の執務室でジェフリーはしみじみと頷いていた。

「まさかエリス嬢が教皇聖下とも交流がおありとは。寄付金を元の額に戻すことで和解しそうで本当によかったです。国民の中には熱心な信者が多いですからね。帝国が破門されたなど、周辺諸国に知られでもしたらいい笑いものです」

「……ああ」

ホッと胸を撫で下ろすジェフリーの言葉を聞いているのかいないのか、皇帝は適当に相槌を打つ。

心ここに在らずな皇帝の様子に気付きながらも、ジェフリーは次の報告を始めた。

「エバルディン伯爵からまた要請書が届いております。皇位継承権があり陛下の次に皇室の血が濃い自分に議会の大臣を任せてほしいと」

その話を聞いた皇帝は呆《ほう》けていた表情を引き締め、盛大な舌打ちをする。

「まったく。あいつは何様のつもりだ？　皇位継承権があっても本来であれば皇位など夢見ることすら叶わないほど少量の血が流れているだけであろうが」

「おっしゃる通りですが、陛下以外の皇族がご高齢の方ばかりしか残っていないので今陛下の身に何かあった場合、エバルディン伯爵が皇位を継承される可能性は高いかと」

「俺に後継がいないから、自分にもチャンスが回ってくると本気で思っているのか？　こんなことなら兄弟の一人くらい生かしておくべきだった。相手にする価値もないから放っておいたが、そろそろ目障りだ。首を刎ねてしまえ」

皇帝の命令に、しかしジェフリーは頷かなかった。

「陛下。エリス嬢とお約束されたのではありませんでしたか？　無闇やたらに人の首を刎ねないと」

「それは……。くそっ、分かった。目障りだが何かあってもあんな小心者どうとでもなる。放っておけ」

エリスの名前が出た途端、目に見えて態度が変わった皇帝は次の案件を報告するようジェフリーを急かした。

命じられるままジェフリーは、溜まった報告を再開させたのだった。


「何やらお悩みのご様子ですね」

休憩のためのティータイム。執務の合間たびたび物思いに耽る皇帝に気づいていたジェフリーは機嫌を窺いながら声を掛ける。

差し出された紅茶を素直に受け取った皇帝は、窓の外のルビー宮を眺めながら呟いた。

「……エリスには俺の気持ちが恋やら愛やらではないと言われてしまったが、俺はもっとエリスと特別な関係になりたい。その……互いを想い合う、そういう関係に」

他者への情など皆無だった皇帝からの、まさかの恋愛相談にジェフリーは内心感激を隠せない。

身の内に迸る感動をなんとか抑え込んだジェフリーは、冷静を装って相談に乗る。

「それは……確かに陛下とエリス嬢は日々多くの時間を共にされておりますが、特別な男女の仲とは違いますね」

年頃の少年のように髪を掻きむしった皇帝は赤い瞳を秘書官に向ける。

「仲を深めるにはどうすればいい？」

「それでしたらエリス嬢の小説を参考にされてはいかがです？」

「なるほど！　その手があったか！」

ジェフリーの助言を受けて早速自慢のエリストラ専用本棚に駆け寄った皇帝は、その中の一冊を手に取るとパラパラとページを捲った。

そしてある単語に目を落とし、パッと顔を上げる。

「そうか！　分かったぞ。こういう時はデートだ！」

「デート？」

「ああ。小説の中で男女の仲が進展するイベントと言えば、デートで間違いない。二人で街に出掛け買い物をし、演劇を観てロマンチックなレストランで食事！　この流れだ！　今すぐ手配しろ！」

鼻息荒く力説する皇帝に、ジェフリーはどうしたものかと冷や汗を流しながら答えた。

「へ、陛下。ご命令とあればもちろん手配させていただきますが、その前に……まずはエリス嬢をデートに誘わなければならないのでは？」

「あ……」

手を止めた皇帝は、立ち止まって想像してみた。

エリスのもとに行き、甘い言葉でデートに誘う自分を。

想像の中の自分はぎこちないながらも、なんとかエリスをデートに誘う。しかし、問題はエリスの方だ。

『どうして私と陛下がデートに？　私は執筆で忙しいので一人で行ってください』

想像の中だけで見事に振られた皇帝は、その場に撃沈する。

「ダメだ。どう考えても断られる未来しか見えない」

「陛下……」

おいたわしいとばかりに皇帝を慰めるジェフリー。

「ものは試しです。一度だけ、お誘いしてみてはいかがでしょうか？」

◆

それから数日後。珍しく昼からエリスのもとにやってきた皇帝は、どこか落ち着かずソワソワとした雰囲気だった。

執筆に夢中のエリスは横目でその様子を見つつ、気にせず作業を続ける。が、集中が切れてふと手を止めたところで、タイミングを見計らっていた皇帝から声をかけられた。

「なぁ、エリス。外出したくはないか？」

「はい？」

なんの脈略もなく突然言葉をかけてきた皇帝に対し、エリスはペンを持ったまま首を傾げる。

エリスの不思議そうな顔を見た皇帝は大きく咳払いをしたあと、慎重に話を続けた。

「だからその……つまりだな、外に出て買い物をしたり、話題の演劇を観たり、人気のレストランで食事をしたり。そういうことに興味はないか？」

まるでエリスの顔色を窺うようにチラチラと目を向けてくる皇帝に、エリスは即答する。

「特に興味ありません」

「なっ！」

エリスの返答に盛大なショックを受けたらしい皇帝は、大袈裟に顔を覆うとそのまま低い声で唸《うな》り出した。

「陛下？　どうしたのです？」

ただならぬ様子に心配になるエリス。

指の間からエリスをジトリと見やりながら、皇帝は唸るのをやめて問いかける。

「……ドレスやら宝石やら、この俺様が特別になんでも買ってやるから外出するのはどうだ？」

なぜそこまで外出にこだわるのか疑問に思いながらも、エリスは正直な気持ちを口にした。

「いいえ、結構です。陛下にそこまでしていただく理由がありませんし、わざわざ外に出なくても必要なものは全てここに揃っていますもの」

「ぐっ……」

「陛下？」

「チッ！　もういいっ！」

再び撃沈した皇帝はエリスから顔を背けると、苛立ったように舌打ちをして頭を掻き毟《むし》った。

「あの。先程から何が目的なのですか？　正直におっしゃってください」

呆れ半分、心配半分でエリスは優しく皇帝に向き直る。

いつも塩対応のエリスが気遣ってくれることに少しだけ気を良くした皇帝は、尖らせた唇はそのままに小さく呟いた。

「…………みたい」

「え？」

「だから！　騎士と王女が小説の中でしているような、お忍びデートをしてみたいと言っているんだ！　お前と二人で！」

耳の先を赤くして叫んだ皇帝の言葉に、エリスの目が点になる。

「デート……」

「なぜ俺がこんなことを言わなければならんのだ、それくらい察しろ！」

理不尽な皇帝の怒りに気を悪くすることもなく、エリスはニコリと微笑んだ。

想像通り誘いを一刀両断されると思った皇帝は、続くエリスの言葉に目を丸くする。

「なるほど。分かりました陛下。やりましょう、お忍びデート」

皇帝の手を取って眼鏡越しにエリスは見上げる。

「ほ、本当か？」

拗ねていたはずの皇帝は、信じられないような現実を呑み込むと、華やぐようにパァッと顔を輝かせた。

「お、俺とデートに行くんだな⁉」

しかし、やはりエリスはエリス。

「はい！　これでまたいいネタが降ってきそうです！」

「ネタ……」

相手はエリスなのだから仕方ないと自分を慰めても、やはりどこか腑に落ちない気持ちで皇帝はジェフリーに手配を急がせた。

◆

「本当に、二人だけで出かけるのですか？」

「そうだ。騎士と王女もそうしていただろう？」

準備された馬車に乗り込みながら、エリスは護衛もジェフリーもいない状況に眉を下げた。

「ですが、もし陛下の身に何かあったら……」

「ふん。俺は伊達《だて》に暴君と言われているわけではない。歯向かう相手を斬り刻む程度の技量は持っている」

佩帯した剣に触れる皇帝の言葉は見栄《みえ》でも虚勢でもなかった。

アデルバートが玉座に就けた最大の理由はその残虐さと強さによるものだったからだ。

皇位継承争いの最中、命懸けの決闘を挑んできた兄をあっさり返り討ちにしてあの世に送った話はあまりにも有名だ。

文字通り自らの手で兄弟の首を刎ねた暴君。

この国で一対一の勝負で彼に勝てる者はいない。

「それとも俺と二人きりは不満なのか？」

ギロリと赤く光る皇帝の睨みがエリスに向けられる。

「いいえ！　これはデートですもの。二人きりの方が雰囲気が出ます。それに、何があっても陛下に敵う輩《やから》などいるはずありませんわ」

慌てたエリスの返答に気を良くした皇帝は、ニヤリと口角を上げる。

「だろう？　よし、行くぞ」

二人を乗せた馬車は皇宮の外にある街に向けて出発した。

皇帝が最初にエリスをエスコートしたのは、帝都にある有名な宝石店だった。

美しいものに目がないエリスはどこを見てもキラキラと輝く最上級の宝石たちに夢中になる。

「お前は……男とこんなふうに二人で出かけたことはあるか？」

エリスが熱心に見ていたルビーを見下ろしながら、皇帝はそっと問い掛けた。

「はい。何度かありますわ」

予想外の答えに開いた口が塞がらない皇帝は、気をとり直して尋ねた。

「相手は誰だ」

絶対零度の殺気を漂わせながら睨む皇帝になど気づかず、エリスは宝石を見たまま答える。

「兄です」

「………兄？」

これまた予想外の返答に呆然とする皇帝。

「ええ。ヴィンセント・トランチェスタ。侯爵家の跡取りですわ。陛下ほどではありませんが容姿が整っていて優秀だと、社交界では有名なのですが……」

「いたな。そう言われてみれば」

記憶を辿った皇帝は、トランチェスタ侯爵家の跡取りである青年の顔を思い浮かべた。

言われるまでエリスとヴィンセントが結び付かなかったが、眼鏡を外したエリスの容姿はどことなくヴィンセントに似ている。

間男との逢引《あいび》きではなくて良かったとホッとした皇帝は、興味が湧いてエリスに問い掛けた。

「兄とは仲が良いのか？」

「良いほうだと思います。お兄様は地味でなんの取り柄もない私にいつも優しくしてくださいますし、私もそんなお兄様のことは昔から好きです。それに……実は陛下の愛読書である『冷血騎士と王女の秘密のダンスレッスン』は、兄をモデルにしているのです」

「な、な、なんだと⁉」

高級宝石店で素っ頓狂な声を上げた皇帝。

貸切にしていたから良かったものの、他人がいれば確実に不快そうな目を向けられていたことだろう。

宝石に夢中のエリスが皇帝に白けた目を向けることはなく、気まずそうな店主の視線はサッと窓の外に逸らされた。

「あの騎士アルペリオに……モデルがいたのか？」

「うーん……アルペリオのモデルというか……まあ、物語のモデルであることは間違っていないですね。そうなのです」

頷いたエリスを見て、皇帝は目を白黒させながら衝撃を受け続ける。

「なんということだ。これからトランチェスタ小侯爵に会う時はアルペリオの顔がチラついてしまいそうだ」

ヴィンセントからもサインを貰おうか、いやいや握手の方が……とブツブツ言い出した皇帝の呟きは聞こえなかったことにして、エリスは顔を上げた。

「陛下。宝石はこの目で充分堪能《たんのう》いたしました。次のデートスポットに参りましょう」

「あ、ああ。もういいのか？」

「はい。やはり美しいものは心が洗われますね」

上機嫌なエリスに気を良くし、皇帝は再び馬車へとエリスをエスコートする。

店を出る間際、皇帝の赤い瞳が宝石店の店主に向かう。

事前にエリスが目を留めた宝石は全て購入するよう指示していた皇帝。

店主は満面の笑みで頷いて二人を見送り、店内が空になる勢いでエリスのお眼鏡にかなった宝石たちを集めたのだった。


「そういえば、ジェフリーさんから頼まれていた件、返事が来ました」

「ん？」

「ザハルーン王国の件です」

移動中の馬車の中でエリスは皇帝に仕事の話を始めた。

「ああ。その件か」

「ザハルーン王国の輸入品についてですが、外交官ラーシド様のお話ですと、どうやら輸送経路に問題が生じた影響で価格を吊り上げるしかないのだとか」

「輸送経路に問題だと？」

「はい。帝国と王国を隔てる山脈がありますよね？　あそこに最近魔獣が出るようでして、迂回《うかい》するしかないそうなのです。そうするとコストがかかり、結果的に輸入品が高騰してしまうとか」

大陸の地図を頭の中に思い浮かべた皇帝は得心したように頷いた。

「なるほどな。帝国からザハルーン王国へは運河を下るから問題ないが、向こうから来るにはあの山を越えねばならんのか」

「そこでなのですが。ちょうどオニクス商会の商会長からお手紙が来て、面白い話を聞けました」

「……？」

エリスは興奮したように声を弾ませていた。

話自体にも興味をそそられるが、皇帝はそれ以上に楽しげに話すエリスの方に目が釘付《くぎづ》けになってしまう。

「なんとオニクス商会では今、新たな運送システムを開発中なのだとか。さらに試作を行うに当たってモニターを探しているそうです」

「ほう」

「それを利用すれば、ザハルーン王国の輸入問題も解決する上にオニクス商会にも恩を売れる絶好の機会になると思いませんか？」

話を半分だけ聞きながら、皇帝はとにかく生き生きと楽しそうなエリスが可愛く見えて仕方がない。

エリスが言うのであれば、間違いないだろうと頷いた。

「お前の言う通りだ。好きなように進めてくれ」

「いいのですね？　それでは戻ったら早速二人に手紙を書きます！」

皇帝の許可を得て上機嫌なエリスは窓の外に目を向ける。そんなエリスの横顔を、皇帝はいつまでも見つめていた。


次に二人が訪れたのは、皇室御用達《ごようたし》のブティックだった。

「まあ……！　これはまた、どこを見ても美しくて目移りしてしまいますね！」

キラキラと輝くドレスに囲まれて、エリスの眼鏡の奥の瞳も輝きを増す。

「気に入ったものがあればいくらでも試着してみろ」

興奮気味のエリスを見て気を良くした皇帝が店員に合図を送ろうとするのを、エリスは慌てて制止した。

「いえ、そんな……。どうせ私なんかが着ても似合いませんので、見ているだけで充分です」

謙遜し遠慮するエリスに皇帝はムッと唇を尖らせる。

「何を言っている。お前に贈るドレスを選びにきたのだから、お前が着なくてどうするんだ」

当然のようにドレスを贈ろうとしてくる皇帝に目を丸くして、エリスは大きく首を横に振った。

「ドレスなんて高価なもの、本当に大丈夫ですから」

「煩い！　俺に逆らう気か？　おい、そこの店員！　片っ端からコイツにドレスを着せろ！」

有無を言わせぬ暴君により、エリスは着せ替え人形と化した。

「陛下、どうかもうお赦《ゆる》しください」

数十着を脱ぎ着させられてヘトヘトのエリスが懇願するも、皇帝は聞く耳を持たなかった。

「まだだ。お前の魅力を最大限引き出すドレスにまだ出会っていない！」

何をそんなに熱くなっているのかと辟易《へきえき》するエリスの横で、皇帝は自ら店内を物色し指示を出す。

「なるべく赤か金のドレスを用意しろ」

「陛下、本当に私にはそんな派手な色は似合いませんから……」

エリスだけでなく店員達も疲れを滲ませる中、皇帝は店中のドレスを試着させる勢いでエリスの着せ替えをしていく。

「まあ、いいだろう。この辺りで手を打つか」

息も絶え絶えのエリスが座り込んでいる間に店主と何やら話をつけたらしい皇帝は、次の演劇の時間だとエリスを急かして再び馬車に飛び乗った。

「陛下。今日はとても楽しかったです。……多少疲れはしましたが。お陰様でとてもいい経験になりました。次の話の構想もまとまりましたし、デートにお誘いいただきありがとうございました」

帰りの馬車の中。宝石店と皇室御用達のブティックを回った後、帝都で人気の演劇と、予約が取れないことで有名なレストランを貸し切ったディナーを堪能したエリスは疲労と大満足の中で皇帝に礼を言った。

「お前が望むなら、またいつでも連れ出してやる」

同じく大満足の皇帝が微笑むと、エリスも微笑みを返す。

「お兄様と出掛けた時はそこまで興味が湧きませんでしたが。今日はあまりにも楽しかったので、忘れられない一日になりました」

「そうか。それは何よりだ」

エリスに楽しんでもらえたことが嬉しくて頭がいっぱいだった皇帝は、ふと今日の本当の目的を思い出した。

目の前のエリスとの、関係の進展。

曖昧で有耶無耶《うやむや》なこの関係を、少しでも進めたい。

余韻を楽しむようにニコニコと笑う彼女は決して満更でもなさそうだ。

勇気を出した皇帝は、揺れる景色を見る彼女の横顔に向かって声を掛けた。

「エリス」

「はい？　どうしました？」

呼び掛けに応えてパッと顔を合わせるエリスを真正面から捉え、皇帝の赤い瞳が熱を持つ。

「今日こうして共に過ごして思った。俺はお前の言葉なら信じるが、お前に対する俺の中のこの感情はやはりどう考えても……」

「陛下、もうすぐ皇宮に着きますわ。予定より遅くなりましたし、きっとジェフリーさんが帰りを待ち侘びて心配しているはずです。早く降りる準備をいたしましょう」

わざとらしく言葉を遮られた皇帝は、口を閉じてエリスの顔を見た。

分厚い眼鏡に阻まれて瞳は見えず、彼女が何を考えているのか読み取ることはできない。

しかしなぜだか分からないが、皇帝にはエリスが怯えているように見えた。

「そうだな。……帰ろうか」

結局皇帝はそれ以上追及することもなく、エリスがホッとしたのを横目で見ながら顔を背けたのだった。

◆

「なんなのこれ……！」

気まずい空気で幕を下ろしたデートの翌日。いつものように昼近くに目を覚ましたエリスは、目の前に広がる光景に絶句していた。

山高く積まれたプレゼントの数々。

箱から飛び出して見えるのは昨日デートで見た宝石やらドレスやら。

どれもこれも美しいが、とにかくその量が半端ではない。

普段エリスは滅多に部屋から出ないが、今日ばかりはルビー宮を飛び出し、立ち入りを許可されている皇帝の執務室に乗り込んだ。

「陛下！　あれはいったい、どういうおつもりですか⁉」

「なんのことだ」

エリスの勢いに狼狽《うろた》えることもなく、昨日の気まずい雰囲気などなかったかのように皇帝はニヤニヤしながらエリスを見返している。

「とぼけないでください！　私の部屋にこんもりと積まれたプレゼントの山のことです！　まさか昨日の宝石店やブティックを丸ごと買い取ったのですか⁉」

「失敬な。俺がそんな無駄なことをするはずないだろう」

断言する皇帝に虚を突かれたエリスは、さらに続いた言葉に息が止まりそうになった。

「買ったのはお前が目を留めた宝石と、お前が試着したドレスだけだ。お前の目に映りもせず、似合いそうでもなかった粗悪品などに用はない」

どこからなにを言えばいいのかさっぱり分からなくなったエリスは、震えながら皇帝の言葉を頭で反芻《はんすう》する。

そして確認のためにおそるおそる口を開いた。

「それは……私が昨日、一瞬でも目に映した宝石は全て購入したということですか？」

「その通りだ」

「さらには試着したドレスを全て購入したと？」

「当然だろう」

「…………」

得意げな皇帝が大きく頷いたのを見たエリスは、あまりの重さに途方に暮れた。

「陛下。私は昨日のデート自体が楽しかったのでそれだけで満足だったのですが」

「ふむ。ではプレゼントのお陰でさらに満足だろう？」

「………………」

エリスの無言の抵抗などお構いなしに、上機嫌な皇帝は執務室の奥に行くと隠していた何かを持ってきた。

「実はあれだけではないぞ！　とっておきのものを用意したから受け取ってくれ」

ドンっと目の前に置かれた重そうな箱。

プレゼント攻撃に辟易していたエリスだったが、箱の中から出てきたものを見て興味をそそられた。

「これって……まさか」

「タイプライターというらしい」

重厚な金属が複雑に組み上がったその機械は、文字盤の一つ一つがピカピカと輝く黄金でできていた。

「本で読んだことがあります。文字を簡単に打てるんですよね？　わざわざペンで手書きしなくても！」

声を弾ませるエリスに満足したのか、皇帝は満面の笑みで答えた。

「そうだ。これでもう腱鞘炎に悩まされることもないだろう？　お前が腱鞘炎になるとまた大神官を呼んでお前の治療をさせるハメになるからな。他の男がお前の手を握るのはもう二度と見たくない」

だが、皇帝が恨みがましく言った言葉の後半はエリスに届かなかったようで、機械に興味津々のエリスは目を離さないまま問い掛けた。

「でも、これは遠い異国で開発されたものだと聞きました。どうやって手に入れたのですか？」

「お前のお陰でオニクス商会と縁ができただろう？　商会長に頼んで取り寄せたのだ」

皇帝はなんでもないことのようにそう言うが、エリスの頭の中ではチリンチリンと金が落ちる音がして思わず手を引っ込める。

貴重なタイプライターを、世界一忙しい商会長に依頼して取り寄せる。

それも黄金をあしらったどう見ても特別仕様の豪華版。

輸送費も合わせると相当な額であることは間違いない。

気持ちは嬉しいが、素直に受け取っていいのだろうか。

部屋に積まれた宝石やらドレスやらのこともあり、言葉に詰まるエリスへと横からジェフリーが耳打ちをする。

「エリス嬢。何を言っても無駄です。陛下は生まれて初めて誰かにサプライズプレゼントをしたのです。昨日から反応が楽しみで堪らないご様子でしたので、どうぞここは喜んで差し上げてください」

ジェフリーにそう言われたエリスは皇帝を見上げた。真っ赤な目を子供のようにキラキラと輝かせてエリスの反応を待っている顔も美しい。

喜ぶしかないのだと悟ったエリスは、ぎこちない笑顔を作った。

「陛下……ありがとうございます。とても驚きました。嬉しいです。その……大切にしますね」

エリスの言葉を聞いて、皇帝の口角が徐々に上がっていく。

「そうかそうか！　言っただろう、お前が望むならなんでも用意してやると！」

小躍りする勢いの皇帝は、とうとう満面の笑みでエリスの前にふんぞり返った。

「今後も欲しいものがあればなんでも言うのだぞ！」

「えっと……ありがとうございます」

エリス以上に喜ぶ皇帝にそれ以上何も言えず、エリスは大量のプレゼントを受け取るしかなかった。

その時、急を知らせる伝令が執務室の戸を叩き、ジェフリーが内容を聞いて声を荒げた。

「陛下！　大変です！」

「今度はなんだ？」

金切り声に苛立った皇帝がジェフリーを睨みつける。

「……トランチェスタ侯爵が謁見を希望されております！　謁見室の前に座り込み、陛下がいらっしゃるまで帰らないと主張しているようです！」

怯む余裕もなく叫ばれたジェフリーの衝撃の言葉に、皇帝とエリスは目を見開いて顔を見合わせた。

「なんだと⁉」

「お父様が⁉」

第十章　日進月歩

「陛下、どうか娘をお帰しください」

仕方なく謁見を許可した皇帝は、深く頭を下げるトランチェスタ侯爵を前に複雑な顔をしていた。

「……ダメだ」

「何故ですか？　何故そこまで娘に……まさか、娘の素顔を見たのですか？」

「………………」

沈黙で肯定する皇帝に、謁見まで長時間待たされていた侯爵は悲痛な声を上げる。

「やはり！　だから娘を欲しがっていらっしゃるのでしょう？　でなければ、普段は地味な娘に陛下が目を付けるはずがありません」

「……顔は関係ない。俺にはエリスが……必要だ。ただそれだけだ」

先程から皇帝が歯切れの悪い言い方をしているのには理由があった。

というのも、侯爵と面会するにあたって、エリスから一つ約束をさせられたことがあるのだ。

『お父様は私がロマンス小説を書いていることを知らないんです。ですから、絶対に小説の話はしないでください』

『どうしてだ？　いくらでも話したらいいじゃないか』

『やめてください！　男女のあんなことやこんなことを書いていることが父親に知られるなんて、そんなの死んだ方がマシです！　陛下に知られてしまったことはもう諦めましたけど、私が作家エリストラだということはもう誰にも知られたくありません！　特に父にだけは絶対に！』

エリスから言われた言葉を思い出し、皇帝は気を引き締めた。

エリスのことを話そうとするとうっかり小説の話を出してしまいそうで、言葉の一つ一つに慎重になってしまう。

言葉少ない皇帝に何を思ったのか、侯爵は涙ながらに訴えた。

「あの子にはあの顔しかないのです。何かに秀でた才能があるわけでもなく、引っ込み思案な性格で、よく部屋に引き籠もっているような子です。それも何時間も、時には食事すら摂《と》らず。恐らくは趣味の読書に夢中になっているのでしょうが……。そんな娘が、顔だけを見て寄ってくる輩に唆されたりしないよう、特注の眼鏡まで掛けさせたというのに」

あの眼鏡はそういうことだったのかと、話を聞きながら納得する皇帝。

いくらなんでもエリスの美貌を隠し過ぎなあの眼鏡は、父の愛の塊でもあったのだ。

「……よりにもよって陛下に見初められようとは。私が迂闊《うかつ》でした。あの夜会に娘を連れてさえ来なければ。あの子には陛下のおそばに侍《はべ》るような技量はありません！　どうか陛下のご迷惑になる前に、娘をお帰しください！」

「…………」

皇帝は言いたいことが頭の中で次から次へと湧き出てきたが、エリスとの約束があるので余計なことは言えない。

言葉を選んでいるうちに沈黙が続いてしまい、侯爵はますますヒートアップする。

「娘には……エリスには、あの子の顔だけではなく、あの子自身を愛してくれる男性と結ばれてほしいのです！　だからこそ、花嫁修業に身を入れるよう説得した矢先でしたのに！　どうか陛下、何卒……何卒！　陛下とは到底釣り合わない不出来な娘を解放してください」

暴君と称される皇帝にここまで言い切り頭を下げるとは、侯爵にもそれなりの覚悟があるのだろう。

それは分かるのだが、その言い種《いぐさ》に皇帝はだんだん腹が立ってきた。

いったいエリスのどこが不出来だと言うのか。

皇帝が今まで出会ってきた中で、誰よりも才能に溢れ、逞《たくま》しく、そして美しいのがエリスだ。

皇帝にとってエリスは何よりも完璧な存在なのだ。それを否定するのは、たとえエリスの父であっても許せない。

「エリスの才能を知らないとは、侯爵は憐れだな」

気付けば皇帝はそう口走っていた。

「エリスの才能？　……と、言いますと？」

「…………」

まずい。

ついうっかり。

我慢できずに口にしてしまった。

ここで小説の話を出したら、エリスになんと言われるか。

下手をしたら口を利いてもらえなくなるかもしれない。それだけは御免だ。なんとか誤魔化さなければ。

「オホン。あー、ともかくエリスを帰すことはできない。俺は既にエリスなしでは生きられない体にされてしまったのだ」

これは嘘ではない。

皇帝は確かに、エリスの小説がなければ生きていけない体になっている。しかし、その言葉を放たれたエリスの父は、あらぬ妄想を滾《たぎ》らせ顔を青くした。

「ま、まさかエリスは既に……陛下のお手つきに……？」

「？」

「ハッ！　先程おっしゃっていたエリスの才能とは、そういう！」

「さっきから何をブツブツ言っている？」

「なんということだ……あぁ、そんな……私の娘が！」

「おい、侯爵。随分と顔色が悪いが大丈夫か？」

流石の皇帝でも心配になるレベルで真っ青になった侯爵は、顔を上げると血走った目で皇帝に近寄った。

「陛下！　責任は、責任だけはとってくださるのですよね？」

「責任……？」

「よもや、エリスを妾《めかけ》にするおつもりではないでしょう⁉」

「妾？　そんなつもりは毛頭ないが……」

「でしたらエリスを正妻に……皇后に迎えてくださるということですね？」

何やら凄い圧で迫ってくる侯爵に狼狽えながらも、皇帝は大きく頷いた。

「勿論だ。俺はエリスさえ良ければいつでも皇后になってほしいと思っている。エリスにも何度もそう伝えているぞ？　プロポーズだってしたし、婚姻誓約書だって用意したんだ」

当然のように頷く皇帝の姿を見た侯爵は、感激に目を潤ませた。

「そうですか。プロポーズに婚姻誓約書まで。そういうことであれば、私からはもう何も言うことはありません。ふつつかな娘ではございますが、末永くどうぞよろしくお願いいたします」

ガバリ、と音が出る勢いで頭を下げてきた侯爵に面食らう皇帝。

「うん……？　では、エリスを帰さなくていいのか？」

「何をおっしゃいます！　婚姻誓約書まで用意しておいて今さら帰されても困ります！　永遠におそばに置いてやってください」

「……！　そうか、任せておけ！」

よく分からないが侯爵のお墨付きをもらった皇帝は、声を弾ませて喜んだのだった。

◆

いい掛けていた。

一方、のんびりと皇帝の帰りを待つエリスは、同じく謁見が終わるのを待っているジェフリーに問い掛けていた。

「陛下は上手くやっていますかね？」

「あれでも帝国の頂点に立つお方ですから、なんとかなるでしょう」

普段は皇帝がいるせいで、エリスとジェフリーが二人きりで話すことはあまりない。

いい機会かと、ジェフリーはエリスの小説を手に取る。

「私も拝読したのですが、陛下が夢中になるのもよく分かります。実に巧みに男女の心の機微が表現されている。流石エリス嬢は男女の色恋について鋭敏でいらっしゃるのですね」

どこか引っかかるジェフリーのその言い回しに、エリスはペンを止めて顔を上げる。

「どういう意味でしょう？」

エリスに体ごと顔を向けたジェフリーは、いつもは温和な瞳をキラリと光らせた。

「これだけの物語を書くエリス嬢が、陛下のお心を理解していないはずはないと思いまして」

「…………」

「本当にあなた様に対する陛下のお気持ちが、ただの執着であるとお思いですか？」

手元の小説とエリスを見比べるジェフリーの視線は、見透かすような鋭さを秘めている。

皇帝のように誤魔化されてはくれないかと観念したエリスは、ため息を吐くと正直に胸の内を吐露した。

「……中途半端な気持ちで、これ以上陛下を傷付けたくないんです」

ジェフリーは少しだけ目を瞠《みは》った。エリスの声が思いの外真剣だったからだ。

「やはり、陛下のお気持ちに気付いておいでだったのですね。それを敢《あ》えて、気付かぬフリをされていたのですか」

エリスの視線が手元に下がる。

「これでもロマンス小説の作家なんですよ。暴君と称される方からあんなふうに笑い掛けられたりしたら、そこに特別なものがあると思うのは当然です」

持っていたペンを握り締めたエリスは、これまでの自分の言動を振り返り唇を噛んだ。

「私の態度が陛下を傷付けてしまったのは分かっています」

「陛下の想いに応える気はないのですか？」

「……全くその気がないのなら、とっくに逃げ出しています」

「では、陛下の想いを受け入れる用意があると？」

ジェフリーの問いに、エリスは首を横に振った。

「自分でも最低だと思っています。でも、もう少しだけ時間が欲しいんです。陛下の想いを受け入れるということは、ただ楽しいだけの恋愛をするのとはわけが違います。皇后になれば多くの重荷がのし掛かるでしょう。もし私がそれに耐え切れなくなって、逃げ出してしまったら……？」

エリスの声は少しだけ震えていた。

「私の小説で〝情〟を知ったと言ってくださった陛下が、私のせいで深く傷付いてしまったら。そう考えるだけで恐ろしいのです。だから私は……決心ができるまで、陛下の優しさに甘えて知らぬフリをさせてもらっているのです」

少しずつでも着実に。エリスの心は日々絆されている。

皇帝の隣に在り、笑い合う時間が、エリスを侵食していく。エリスはそれがどうしようもなく恐くて、そして愛《いと》おしかった。

駄目だと分かっていても、離れ難いと思うほどに。

「あなた様はあなた様で、陛下を想ってくださっているのですね」

「こんな私が陛下のおそばにいてもいいのでしょうか」

普段は図々《ずうずう》しくて気丈なエリスの目から静かに流れる涙を見たジェフリーは、優しくハンカチを差し出した。

「いてくださらなければ困ります。あなた様がいなくなったら陛下がどうなるか。考えただけでも恐ろしくて逃げ出してしまいたいくらいです」

ハンカチで目元を拭うエリスに向けられたジェフリーの声音には、エリスを責めるような響きはなかった。

第十一章　誠心誠意

「ねぇ、皆さん。エリストラの新作を読みまして？」

ロマンス小説作家エリストラの大ファンであるウルフメア伯爵夫人は、夜会の場でエリストラ仲間の貴婦人達へと声を掛けた。

「勿論ですわ！　あの俺様暴君皇帝……！　傲慢にヒロインを求める様が刺激的で情熱的で……すっかり魅了されてしまいました」

「俺様なのに一途《いちず》で、平凡な令嬢をひたすらに想い続ける……かと思えば時折可愛らしい一面を覗かせるギャップが堪りません」

「『冷血騎士と王女の秘密のダンスレッスン』がとうとう完結してしまったことは寂しく思っておりましたけれど、新作のお陰ですっかり新たな楽しみができましたわ！」

今や帝国の淑女には当然の嗜《たしな》みとなっているエリストラ作品。同志達の反応に大きく頷きながら、伯爵夫人はふと声を潜めた。

「我が国の皇帝陛下も暴君と言われておりますけれど、あの陛下にもエリストラの新作に登場する皇帝のような、情熱的な一面がおありでしたらどうします？」

「あら、あの陛下にですか？」

「それはあまり想像できませんが……血も涙もないと恐れられた陛下が誰か一人を一途に想っていらっしゃったら、とても素敵なことだと思いますわ」

エリストラの小説に登場する人物を現実に照らし合わせて妄想するのも、貴婦人達の楽しみの一つだ。

「前回の夜会に引き続き、今宵も陛下がご出席されるそうですね。今までは恐ろしく近寄りがたかったのですが、陛下のお姿を拝見するのが楽しみですわ」

エリストラの新作が暴君皇帝を題材にしているとあって、いつも皇帝に対し怯えた目を向ける貴婦人達も、この日ばかりは皇帝への恐怖心を和らげていた。

そんな中、皇帝の来場が告げられると、いつもより好意的な視線が皇帝の方に向けられる。

しかし、会場に入ってきた皇帝を見る貴婦人達の好奇と畏れの混じった目は、すぐに驚愕で見開かれることとなった。

「まあ！　なんて綺麗なの……！」

「あれは誰……？」

「お似合いの二人だわ！」

「陛下、絶対に手を離さないでくださいね」

夜が更けても明るさを失わない皇宮の煌びやかな夜会。人々が賑わう広間の真ん中で、周囲の注目をこれでもかと集めながらエリスは皇帝の腕にがっしりと摑まっていた。

ザワザワと騒がしい周囲は気になるものの、眼鏡を掛けていないエリスには何もかもがボヤけていて歩くのさえ怖い。

足元に集中しすぎてあちこちから聞こえる会話の内容など耳に入ってこなかった。

頼りになるものといえば、自分をエスコートしてくれている皇帝だけ。逞しいその腕にギュッと摑まり身を任せるのは当然のことだった。

一方の皇帝は自分を頼りにしてしがみついてくるエリスに気を良くし、誰もが絶句するような優しい笑顔をエリスに向ける。

「いくらでも俺に頼れ。何があっても離さないから」

暴君と称される皇帝のその言動に、周囲から悲鳴のような驚きの声が上がった。

「あの陛下が……！　夜会にパートナーを連れているなんて！　それも、優しいお言葉をかけて微笑まれるだなんて……！」

「いったいあのご令嬢は誰なのです⁉　あれほど綺麗な令嬢は見たことがありません！　どちらの家門の令嬢ですか？」

「そもそもあのご令嬢は、陛下とどういうご関係なのでしょう？　あんなに仲睦まじいなんて……はっ！　もしかして……！」

騒めく周囲など少しも気にしない皇帝は、美しい素顔を晒《さら》して皇帝が用意したドレスを身に纏うエリスの姿に大いに満足していた。

「陛下……本当に一曲踊ったら解放してくださるのですよね？　こんなキラキラした場所に長時間いたくはありません」

「ああ。あと少しの辛抱だ。これが終わればいくらでも引き籠もって執筆していいぞ」

ニコニコの皇帝に引き摺られるようにして会場の真ん中に立ったエリスは、流れてくる音楽に合わせて皇帝とダンスを始めながら思わずにはいられなかった。

——どうしてこんなことに。と。

◇

時を遡り、皇帝がエリスの父であるトランチェスタ侯爵との謁見を済ませた後のこと。

「本当にお父様を説得してくださったのですか？」

エリスは信じられない思いで皇帝を見ていた。

「ああ。エリスを帰さなくていいと。それどころか、永遠に引き留めても構わないとな」

「あの思い込みの激しいお父様が？　信じられません……いったい何をなさったのですか？」

「別に大したことはしていない。ただ俺にはエリスが必要だと誠心誠意伝えただけだ」

「……小説の話は出していないのですよね？」

「勿論だ。俺がお前との約束を破るわけないだろう」

自信満々に頷く皇帝を見て、エリスはとうとう感服した。

「流石は陛下です。正直、最悪の場合は説得が失敗して、侯爵家に連れ戻されるかもしれないと思っておりました」

「ふん。俺がそんなヘマをするか。どうしてもという事態になれば、侯爵の首を刎ねてでもお前をそばに置くぞ」

「ゴホン、オホン。エリス嬢、言いましたでしょう？　陛下はこれでも帝国の君主なのです。やればできるお方なのです」

皇帝とトランチェスタ侯爵の間で本当はどんな会話がなされたのか、その裏にあった侯爵のあらぬ誤解も知らず、物騒な発言を掻き消すようにジェフリーは皇帝を褒めちぎる。

それに対してエリスも素直に頷いた。

「本当ですわね。疑って申し訳ございませんでした」

皇帝に体を向け、エリスは声を弾ませる。

「陛下のお陰で私はまだまだ大好きな小説が書けるのです！　陛下、これまで良くしていただいたことも含めて、ぜひ何かお礼をさせてください」

「礼か……。お前がそばにいて小説を書いてくれるだけで俺は満足なのだが。しかし、せっかくだ。……一つだけ、やってみたいことがある。頼みを聞いてくれるか？」

ソワソワと言いづらそうにエリスをチラ見する皇帝。その姿が可愛く思えて、エリスは首を縦に振った。

「なんでもおっしゃってください！」

機嫌の良いエリスにそう言われ、皇帝はずっとやってみたいと思っていたことを照れながら口にした。

「じゃあ……次の夜会で、お前とダンスを踊りたいんだが……ダメか？」

◇

そして今に至るわけである。

あの日から今日の夜会まで、本当にさまざまなことがあった。

書き溜めていた『冷血騎士と王女の秘密のダンスレッスン』の最終巻の原稿を出版社のルーク（松《まつ》葉《ば》杖《づえ》を突いてはいたが無事ではあった）に渡し、新作『暴君と淑女』の出版も開始した。

どちらの本も飛ぶように売れ、皇帝のエリストラ専用本棚に蔵書が増えて皇帝も大満足だ。

だが、何よりもエリスが辟易したのは、夜会の準備だった。

エリスのためにと部屋を埋め尽くすほどのドレスやアクセサリーを用意され、一つ一つの試着を強要された日は全てを投げ出して逃げてしまおうと本気で思った。

ダンスレッスンでは力が強く自分勝手な皇帝に振り回され、何度も転びそうになる始末。

「陛下、どうかもう少し私の歩幅に合わせてください！　陛下のお力が強すぎて、これでは投げ飛ばされてしまいそうです」

「わ、悪い。加減が分からん……」

「私は陛下に比べると小柄なのです。そのことを意識してみてください」

「分かった。お前を壊さないよう気をつける」

「言ったそばからそんなに引っ張らないでください！」

長時間に及ぶダンスレッスンで皇帝は少しずつコツを掴んでいったのだった。


「それにしても、どうしてダンスなのです？」

数日間の特訓を経てすっかり皇帝のリードで踊ることに慣れたエリスは、本番の夜会で踊りながら今更なことを彼に問い掛けた。

「……ないからだ」

「？」

「今まで、一度も。誰かと踊ったことがないからだ」

エリスは動きを止めそうになり、慌ててステップを踏んだ。

眼鏡がないため皇帝の顔はボヤけて見えないが、その声には哀愁を感じる。

考えてみれば、前回の夜会でも皇帝は令嬢達から遠巻きにされていた。

暴君と噂される皇帝……それも、この美貌の持ち主だ。

尻込みする令嬢が多かったのだろう。

どう反応していいか分からないエリスに、皇帝は笑みを漏らす。

「お前の小説で、冷血騎士と王女が最後にダンスを踊ったろ？　あれを読んでから、どうしてもお前と踊りたかった」

皇帝が何よりも好きな愛読書、エリスが書いた『冷血騎士と王女の秘密のダンスレッスン』。

平民出身で孤高の冷血騎士が心優しい王女との交流を経て、貴族社会で品位と地位を確立させていく。

そんな身分差のある二人が物語の中で会う口実にしていたのが秘密のダンスレッスンだ。

最後、ハッピーエンドの締め括りを、二人の逢瀬《おうせ》の象徴であるダンスで終わらせたあの物語。

皇帝とエリスを結び付けたその物語の象徴であるダンスを、自分と踊りたかったという彼に、エリスは高鳴る鼓動を抑えることができなかった。

こんなに密着していれば、いつものように茶化すこともできない。

「エリス？　どうした、大丈夫か？」

「……はい」

彼の言葉一つ一つにときめいてしまう自分を悟られたくなくて、下を向く。

「顔を上げてくれ、エリス」

「…………」

そんな優しい声で呼ばないでほしい。

そう思いながらも、言われた通り顔を上げたエリスは、ボヤける視界の中でも存在を主張する真っ赤な皇帝の瞳を見つめた。

「お陰でいい思い出になりそうだ。ありがとう」

「……ッ！」

傲慢で、我が儘で、すぐに人を手に掛けるような暴君で。初めて会った日には、殺されるとさえ思ったのに。そんな彼が、こんなふうに素直に礼を言って笑うなんて想像もしていなかった。

ドクン、ドクンと、まるで城中に響いているかのようなエリスの鼓動。顔が熱くなって、指先まで甘い痺れが走る。

「まだ、そこまでではないと思っていましたのに」

「……？　何がだ？」

エリスの独り言を聞き取った皇帝が首を傾げる。

「……陛下には秘密です」

ぷくっと口を尖らせて、拗ねたようにそう言うエリスを見た皇帝は、わけが分からないながらも彼女のことを可愛らしいなと思ってニヤけたのだった。


この日を迎えるに当たり、問題だったのはダンスの練習だけではない。

当日の打ち合わせで入場から最初のダンス、退場まで全てをエリスと共にしたいと皇帝は言い出したのだ。そんな皇帝にエリスはとうとう爆発した。

「やっぱり無理です！　陛下と一緒に入場なんてしたら、注目の的になってしまうじゃないですか」

「だったらなんだ？　いいじゃないか！　一緒に夜会に出ることを承諾したのはお前だろう！」

「私が承諾したのはダンスだけです！」

「じゃあお前は俺に、一人で入場しろというのか!?　お前は先に会場に行くのか？　その間他の男に誘われでもしたらどうするつもりだ！」

「私を誘う奇特な殿方など陛下くらいです！」

「まあまあ、お二人とも落ち着いてください。身元を知られるのが嫌なのであれば、いっそのこと眼鏡を外されてはどうです？　その素顔を見てエリス嬢だと気付く者はおりませんよ」

皇帝のパートナーを務めることに抵抗を見せたエリスへと、二人のやり取りを見守っていたジェフリーが助け船を出した。

エリスの素顔禁止令を出していたはずの皇帝も、『この顔の女が俺のものであると分かるのなら問題ない』と謎の理屈でジェフリーの提案を受け入れ、結果としてエリスは眼鏡のない状態で夜会の場に立つこととなった。

◇

「なんてロマンチックなお二人なのかしら……思わずため息が出てしまいますわ」

流れる音楽に身を任せ、互いを信頼し合って通常よりも密着して踊る皇帝とそのパートナーに、周囲は感嘆を漏らしていた。

エリスとの猛特訓のお陰で皇帝はとても優雅に美しく、血の滲むような努力でエリスに合わせて力を加減しながら踊るスキルを身に付けたのだ。

「陛下はこれまで夜会には滅多にお顔を出しませんでしたし、ダンスどころかパートナーを連れてきたことさえありませんでしたのに……。まさかあんなに優雅に踊られる方だったなんて」

「陛下が初めて夜会に連れてきたパートナー。あの美しいご令嬢のことを、知っている方はおりまして？」

誰よりも注目を集める謎の美女。

自身が噂の真っ只中にいることなど気にする余裕もなく、目が悪いエリスは皇帝の腕にしがみついていた。

第十二章　一蓮托生《いちれんたくしょう》

「なんとか踊り切りましたね！」

「ああ！　こんなに高揚したのは初めてだ！　まるで自分が小説の主人公になったような気持ちだったぞ」

「素晴らしいダンスでしたよ、陛下。最初はどうなることかと思いましたが、私も楽しかったです」

ダンスを踊り終え、エリスと皇帝は小声で互いを称《たた》え合った。

このままフェードアウトしようと思っていたエリスだったが、皇帝と踊った謎の美女に好奇の目を向ける周囲はエリスを放っておいてくれそうにない。

「陛下、よろしければご挨拶をさせていただけませんか？」

「そちらの美しいご令嬢はどなたです？」

次から次へと寄ってくる貴族達に、皇帝が鋭い目を向け威圧する。

「煩わしい。俺達に構うな！」

二人の行く手を塞いでいた貴族達は怯えて道を開けた。しかし、恐れ知らずな者はどこにでもいるものである。

「陛下！　お隣の美しい令嬢について、どうかご紹介願えませんか？　ぜひお近づきになりたいのです」

皇帝の威圧にも怯まず前に出てきたのは、エバルディン伯爵。

爵位を継いだばかりの若い伯爵であり、皇族の血を引く皇位継承権所有者でもある。

本来であればその順位は限りなく低いものの、熾烈《しれつ》な皇位継承争いで皇帝の兄弟は皆、命を落としていた。加えて皇帝にはまだ世継ぎがいない。

存命の皇族は皇帝以外高齢で、もし今皇帝に何かあった場合、この男にその地位が回ってくる可能性は高かった。

やらなければやられるような戦いを生き残り、今の地位を手に入れた皇帝にとって、温室育ちのこの男は赤子のようなものだ。

これまでは相手にもしてこなかったのだが、ここ最近何を勘違いしたのか皇帝の地位を虎視眈々《こしたんたん》と狙う様子が鼻について仕方ない。

機会があれば首を刎ねてやろうと思っていた矢先に、エリスに対して不躾《ぶしつけ》な視線を向ける伯爵へと皇帝は密かに激怒した。

されど、エリスと初めて踊った夜会を血で染めたいとも思わない。

「何故お前がコイツに近付く必要がある？」

ギロリと伯爵を睨む皇帝は、低い声で問い掛けた。

「陛下が初めて夜会に連れていらっしゃったご令嬢ですから。そちらのご令嬢がどちらの家門の方なのか、会場中が知りたがっております」

傲慢な伯爵はこれまで皇帝が相手にしてこなかったことをどう勘違いしているのか、自信満々の顔でエリスを見る。

「そのうち分かるはずだ」

素っ気なく答え、エリスの肩を抱いて誘導する皇帝は、エバルディン伯爵にそれ以上目も向けずに立ち去った。

エバルディン伯爵が声を掛けたのを皮切りに、散っていた貴族達が再び二人の行く手を阻んだ。

だんだんイライラを募らせる皇帝の気配を感じ取ったエリスは、仕方がないと溜息を吐く。

「陛下。ここまで騒がれてしまえば、逆に堂々としていましょう。幸いにも私の正体は誰にも気付かれていないようですし。せっかくですから、もう一曲踊るのはいかがです？」

「本当か？　いいのか？」

途端に機嫌を取り戻した皇帝は、いそいそとエリスの手を引き広間の真ん中に舞い戻った。

◆

「エリス！」

踊り疲れ、一息吐こうと皇帝と共にバルコニーに出たエリスは、人目を配慮しつつも焦ったような声で呼び止められた。

その声を聞いた途端、エリスは懐かしさを覚えて振り返る。

「お兄様……？」

エリスに声を掛けてきた男がいることに目を光らせた皇帝は、エリスの一言で相手が彼女の兄であると知り殺気を取り下げた。

エリスが身元を隠そうとしていることを察していたのか、周囲に人がいないことを確認してからエリスの兄ヴィンセントは妹の前に立つ。

「お前は……いったいどれだけ心配させたら気が済むんだ。突然いなくなったかと思えば皇宮に留まっていると聞かされ、手紙も送り返され心配でどうにかなりそうだったんだぞ！　それが陛下と夜会に現れたかと思えばダンスを踊って……俺がどんな気持ちだったか分かるか？」

視界がボヤけて見えないながらも、声音から兄に相当な心配を掛けていたことを知ったエリスは、慌てて皇帝の方を見た。

「陛下、少しだけ兄と話してもよろしいでしょうか？」

「ああ……」

皇帝は頷きながら、その目は瞳孔が開いたままヴィンセントに向けられていた。

「陛下。お許しいただき感謝いたします。少しの間だけ、妹をお借りします」

深々と礼儀正しく頭を下げるヴィンセントの姿を見た皇帝は、眩しいものを見るように目を細める。

「うっ。構わない。が、その……小侯爵。握手をしないか？」

「はい？　あー、えっと……光栄です」

差し出された手を見て動揺しながらも、瞬時に切り替えて皇帝の手を取るヴィンセント。

この皇帝の不可解な行動の理由に思い至り、ヴィンセントと同じく首を捻《ひね》っていたエリスはハッとした。

（そういえば陛下には、『冷血騎士と王女の秘密のダンスレッスン』のモデルがお兄様だと話したような……。だから握手なんてらしくないことをおっしゃっているの？）

「会えて嬉しいぞ。ここには誰も入ってこないようにしておくから、ゆっくりしてくれ」

「はっ、お心遣い感謝します」

親しげに肩を叩かれ、どういうわけだか暴君皇帝から好意的な目を向けられて戸惑うばかりのヴィンセントは、動揺を表に出さず丁寧に頭を下げた。

二人きりになったバルコニーで、ヴィンセントは皇帝の行動が腑に落ちない心持ちながらも改めて妹に向き直る。

「……これまでどうしていたんだ？」

「えっと……話せば長いのですが、陛下のご配慮で楽しく過ごしておりました。ご心配をお掛けしてごめんなさい」

ヴィンセントはエリスの頭のてっぺんからつま先までを見下ろし、美しい衣装に身を包んだその姿に目を眇める。

「お前が陛下からぞんざいな扱いを受けていないことは分かった。しかし、どうして手紙の一つも寄越さない？　お前が一言つつがなく過ごしていると教えてくれれば、俺も父上もここまで心配はしなかった！」

「それは……」

言い淀《よど》んだエリスは下を向く。

答えは明白だ。単純に、忘れていたのだ。

皇宮の美しい調度品に囲まれて心ゆくまで小説を書くことだけに没頭できる環境。

この世のものとは思えぬほどに美しい皇帝の顔。

デートに行けばエリスが目を留めただけの宝石が山のように部屋に積まれていたり、暴君と称される皇帝が自分だけに特別な顔を見せてくれたり。

そういった新鮮で心が騒めくような経験ばかりの非日常的な日々の中で、家族への配慮などすっかり忘れていた。

もともと没頭してしまえば周りが見えなくなってしまう性格なのは昔から自覚していたが、まさかこんなに心配してくれている兄のことを失念していたなんて。

皇宮に父が乗り込んできた時も、連れ戻されるのではと焦る気持ちの方が大きく、普段温厚な兄が声を荒げるほどの心配を掛けていたなんて考えもしなかった。

「どうかしていたのだとしか言いようがありません。本当にごめんなさい、お兄様」

「…………」

ため息を吐いたヴィンセントは、反省した様子の妹を見て真剣な顔をする。

「先日陛下と謁見した父上が、お前は皇后になるのだと言っていた。それは本当か？」

「は？　私が皇后に？　いいえ、それは……まだ陛下には明確な返答をしておりません」

慌てて否定するエリスに思うところがあったのか、ヴィンセントは再び深いため息を吐く。

「そんなことだろうと思っていた。父上はお前がとうとう嫁ぎ先を見つけたと有頂天になっていたが、お前の性格を考えたらそんなに簡単に重責を担う決断をするわけがない」

「お兄様……」

誰よりもエリスのことを分かっている兄の言葉に、エリスは感動しつつも申し訳なさが募ってくる。

「それにその顔。俺も父上も眼鏡を外すなとあれほど言っておいたのに、どうして素顔で夜会に出てきた？」

「これは！　私の身元が地味なトランチェスタ侯爵令嬢だとバレないようにと……」

「お前の身元はバレていないが、代わりに陛下が伴侶を見つけたと噂で持ちきりだ。お前や陛下の動向に今後多くの者が注目するだろう。そこまで考えていたのか？」

「………いいえ」

下唇を噛んだエリスは、静かに首を振った。

エリスは気のない素振りをしながらも、ずっと浮かれていた。

先のことが頭をよぎらなかったわけではない。

ただ、誰とも踊ったことがないという皇帝と、一度でもいいから煌びやかな夜会の真ん中で踊りたかった。

兄と話せば話すほど、自分の中にあった感情が浮き彫りになってくる気がしてエリスはいたたまれなくなる。

「お前は頭がいい。本当は自分の気持ちに気づいているんじゃないか？」

「私の気持ち……？」

迷子になったような心持ちで兄を見上げたエリスは、ボヤける視界の中でもハッキリと脳裏に浮かぶ兄の顔に涙が出そうになった。

「陛下と踊っているお前は、今まで見たことがないほど幸せそうに見えた」

「…………ッ！」

「認めるのが怖いのなら無理強いするつもりはないが、今回のことで貴族達が騒ぎ出すだろう。決断するまでの時間はあまり残されていないはずだ。お前が望むなら、俺はいくらでも逃げ出す手助けをしてやる」

「に、逃げ出すなんて、そんなこと……」

自分の目前に広がる未来の選択肢。

皇帝の想いを受け入れて皇后になるか、逃げ出して皇帝から離れるか。

後者の想像をするだけで、エリスはヒリヒリとした胸の痛みを感じる。

それが何を意味しているか、ロマンス小説を書き続けてきたエリスが分からないはずはない。

「エリス」

自分の置かれた状況にも、自分の気持ちにも気づいているが踏み出せない妹を見下ろしたヴィンセントは、いつも通りの優しい声でエリスを呼んだ。

「今まで黙っていたが、俺はお前が〝エリストラ〟であることを知っている」

「えぇぇっ!?」

予想外の兄の言葉に、エリスは何もかもを忘れて跳び上がる。

顔中が赤くなり嫌な汗が止まらない。

「そんな反応をするだろうと思ったから今まで知らないフリをしてきたんだ。そもそもお前の趣味に一番最初に気づいたのは俺だぞ?」

ヴィンセントの話はとんでもないものだった。

「お前がコソコソ何かをしているのは知っていたが、書きかけの原稿を見つけた時は本当に驚いた。何よりもその出来の良さにだ。だから俺はアリエルが原稿を見つけるよう仕向けたんだ」

「アリエルが原稿を見つけたのは、お兄様の指示だったんですか?」

衝撃に目を見開くエリス。

「そうだ。だが、アリエルの感想は彼女の本心そのものだ。それを聞いてお前が自ら出版社に足を運んだあとのことには関与していない。お前はなるべくして作家になったんだ」

兄に知られていたことのショックと、ずっと応援してくれていたのだということの感動でエリスは身を震わせた。

「俺はお前がどんな道を選んでも味方でいる。だから安心して進みたい道に進めばいい」

兄の言葉を噛み締めながら、エリスは目を潤ませて微笑んだ。

「お兄様……。ありがとうございます」

「俺達はたった二人の兄妹だろう。どこまでも一蓮托生だ」

エリスの頭をポンポンと優しく叩き、微笑むヴィンセント。

「そろそろ陛下が心配するだろう。俺は先に戻って陛下を呼ぶから、お前はここで待っていろ」

夜会の会場に戻ろうとする兄のボヤける背中を見て、エリスは叫んでいた。

「お兄様！」

驚いたヴィンセントが会場から漏れる灯《あか》りを背に立ち尽くす。

「エリストラの正体に気づいていたのなら、お兄様は『冷血騎士と王女の秘密のダンスレッスン』を最後まで読んでくださったのですか？」

「……ああ、読んだ」

エリスの問い掛けに、ヴィンセントはしばらく間を置いてから頷いた。

「では、冷血騎士アルペリオと王女ヴィンセンシアが結ばれたことはご存じですよね？」

ピクリと反応したヴィンセントは、眉間に皺を寄せていた。

「何が言いたい？」

低く掠《かす》れた兄の声を聞いたエリスは、顔を上げて堂々と宣言した。

「私が皇后になったら、トランチェスタ侯爵家は安泰です。お兄様がどんな身分の女性を娶《めと》っても、文句を言えるような人はいません」

「……エリス、お前」

動揺するヴィンセントに向けて、エリスはさらに続ける。

「読んでいたのなら気づきましたでしょう？　あの物語は、身分差の恋に苦しむお兄様とアリエルをモデルにしたんです」

「…………ッ！」

エリスもまた、自分のことを理解してくれる兄と同じだけ、兄のことをよく知っている。

トランチェスタ侯爵家のメイドであるアリエルに兄が長年想いを寄せていることも、同じ気持ちのアリエルがメイドを辞めようとしていたことも知っていた。

だからエリスは夜会を夢見るアリエルにダンスを教えてあげてほしいと兄に頼んで二人の接点を作ったり、アリエルが辞めないよう引き留め続けたりしていた。

「まさかそのために皇后になるなんて言うんじゃないだろうな？」

怒ったようなヴィンセントの声に、エリスは首を横に振る。

「見くびらないでください。確かに、お兄様達のために良い家柄に嫁がなければと思った時期もありました。でも、私はそこまでお人好《ひとよ》しではありません。心の伴わない婚姻など御免です」

エリスの言葉も表情も自信に満ちていた。

まだまだ自分の助けが必要だと思ってきた妹の、あまりにも美しく力強い姿を見たヴィンセントは言葉を失ってしまう。

「ですからお兄様も、お兄様の好きな道を選んでください。私はいつだってお兄様の味方です」

「そうか。…………ありがとう、エリス」

第十三章　急転直下

兄と別々に会場へ戻ったエリスは、再び皇帝とフロアで踊った。

「久々の兄との会話は楽しかったか？」

「はい。お陰様で、いろいろな話ができました」

軽やかにターンをしながら、兄との会話を思い返したエリスはボヤける視界の中でも目立つ赤い双《そう》眸《ぼう》を見上げる。

「あの、陛下。夜会が終わったら、お話ししたいことがあります」

兄の言った通り、皇帝と立て続けに踊る令嬢を見た周囲は皇帝の婚姻についてますます煩くなるだろう。

早いうちに心を決めなければと焦るエリスに、リードする皇帝は優しく手を伸ばした。

「分かった。お前の話ならいくらでも聞く。だから今はこのダンスを楽しもう」

「……はい」

くるりと翻った時に舞うドレスの裾が、ボヤけるエリスの視界の端に映った。

「流石に疲れただろう」

三曲を続けて踊り、ヘトヘトになったエリスに皇帝は飲み物を差し出した。

「ええ。ですが、楽しかったです」

受け取ったグラスを傾けたエリスは、火照った体を冷やしてくれるその冷たさが心地好くて微笑んだ。

「そうだな。俺も楽しかった。アルペリオのモデルになったお前の兄にも会えたしな」

「あ……」

満足げな皇帝の言葉にエリスの動きが止まる。

あの物語のモデルが兄であることは間違いないが、どちらかといえば兄をモデルにしたのは身分の低い相手に恋をしてしまって苦しみながらも想いを断ち切れない王女の方だ。けれど、夢見るように声を弾ませる皇帝には言わない方がいいかとエリスは黙って再びグラスを傾けた。

隣でエリスと同じようにグラスを仰ぐ皇帝。

とりあえずエリスは話題を変えることにした。

「新作のあの話にも、ダンスシーンを取り入れましょうか。暴君皇帝の初ダンス。きっといいシーンになりますわ」

楽しそうに話すエリスの横で、頷こうとした皇帝はグラスを取り落とした。

「うっ……」

ガラスの割れる音、呻《うめ》き声——視界の端にいた彼がゆっくりと傾いていくのを、エリスは隣でただ見ているしかなかった。

「陛下……？」

何が起きたのか分からない。

あの皇帝が、床に膝を突いてそのまま倒れ込む。

皇帝の隣にいたエリスのドレスに、生温かい何かが付着した。

ボヤける視界でも鮮烈な赤。

皇帝の口から滴るその血を見下ろしたエリスは、自らの心臓が嫌な音を立てるのを感じた。

「陛下……！　陛下……！」

悲鳴が上がり、会場中が騒然となる中で、エリスは何度も皇帝を呼んだ。

騎士達が駆け付けジェフリーに引き離されても、エリスは彼に手を伸ばし続けた。

◆

別室に移され寝台の上に横たわる皇帝を、エリスはただただ見下ろすしかなかった。

何もかもが非現実的でボヤけていて、まるで悪い夢を見ているようだ。

「何故毒が……毒見は問題なく、警備も厳重だったはず……とにかく捜査が終わるまで、会場から誰も出さないように」

ジェフリーが慌ただしく騎士達と話しながら、今後の対応を指示する。その声をエリスは遠くに聞いていた。

「ジェフリー殿」

「大神官様、陛下の容体は？」

皇帝の治療にあたっていた大神官は、沈痛な面持ちでジェフリーに告げた。

「残念ながら……私では、どうにもできません」

「何故ですか⁉」

詰め寄るジェフリーに、大神官は顔を歪ませて説明する。

「陛下が飲まれたのは恐らく、高純度の聖水です」

「聖水？　毒ではなく……？」

「聖力は本来、人を癒やす神聖な力ですが、陛下のように多くの命を奪った過去のある人間には過ぎた聖力が毒になることもあるのです。高純度の聖水は聖力の塊ですから。それを体内に摂取したとなると、体の内側から灼《や》けつくような痛みに襲われていらっしゃるはずです」

横たわる皇帝には意識がないものの、苦しさに呻き声を上げている。

呆然とするジェフリーに、大神官は更に続けた。

「聖水は通常の人間には無害なもの。だから毒見役やエリス嬢には効かなかったのでしょう。私が治療のために聖力を注げば、逆に陛下の病状は悪化してしまいます」

「では、どうしたら？」

「聖力を打ち消す力……邪気を多く含んだものを飲ませ、中和するしかありません」

「邪気？　そんなものどこに……」

解決策があるのに手立てが分からず絶望するジェフリー。

「このままでは陛下は、一日ともたないでしょう」

「！」

静かに告げる大神官に、その場が静まり返った。

聞こえるのは皇帝の苦しげな呻き声だけ。

「ジェフリー様！　広間の貴族達が反発をし始めております。捜査のために引き留めているのですが、不満が噴出しています」

「エバルディン伯爵が貴族達を扇動しているようでして、皇室が混迷しているのなら皇位継承権のある自分に捜査の指揮権を寄越せと主張しています」

このまま皇帝が崩御すれば、後継のいない皇室の権限は全てエバルディン伯爵に移ることになる。

皇帝の暗殺を目論《もくろ》む動機が最もあるのは他でもない伯爵だろうに違いない。その伯爵が指揮権を握れば、真相は永遠に闇に葬り去られる。

当然、ジェフリーを始めとした皇帝の側近達は粛清されるだろう。

苦しそうに歪む主君の顔を見下ろしたジェフリーは、歯を食いしばってエリスを見た。

「エリス嬢。エリス嬢の正体は、誰にも気付かれていないはずです。もしこのまま陛下に何かあった場合、陛下と共にいたエリス嬢に疑惑や危険が及ぶ可能性があります」

ジェフリーは、預かっていた眼鏡をエリスに返した。

「陛下はそれを望んではおりません。陛下との関係に気付かれる前に、どうかお逃げください」

「……ッ！」

この状態の皇帝を置いて逃げろと言われても、エリスはすぐに理解できなかった。

つい先程まで笑い合っていたのに。新作の続きを誰よりも待ち望んでいたくせに。頭が現実に追いつかないエリスは、震えながら皇帝の手を取った。

「……陛下」

エリスの脳裏には、微笑む皇帝の顔があった。目を閉じるだけで浮かんでくる、楽しそうな顔。笑い声。触れ合った時の温《ぬく》もりも、先程のダンスの時の力強くて優しい手も。こんなにも鮮明にエリスの中に残っている。

何もかもが鮮明に思い出せるほど、エリスは皇帝と共に時間を過ごしてきたのだ。

それが全て失われる。なかったことにしろと言う。もう二度と、皇帝と話すことも、笑い合うことも、できないかもしれない。

夜会が終わったら話をしようと思っていた。

自分の中にある感情と向き合い、受け入れようと。それなのに……。

彼のいない世界で、自分は再びペンを持てるのか。

答えはあまりにも明白だった。

両手で顔を覆ったエリスは、濡れた感触に、いつぞやのことを思い出していた。

『泣くな。お前が泣いたら……どうしていいか分からなくなる』

(泣くなと言っていたくせに。あなたが私を泣かせてどうするのですか)

心の中で恨み節を呟いたエリスは、この瞬間心を決めた。

「……悪いのはあなたです、陛下。あとで文句を言ったって、知りませんから」

苦しむ皇帝にそう告げて、エリスは顔を上げる。

「ジェフリーさん、……いえ、秘書官ジェフリー」

立ち上がったエリスは、ジェフリーを呼び捨てにして強い口調で命じた。

「今すぐ紙とペンを用意してちょうだい。それから、陛下の執務机の左の引き出し、上から二段目に入っているものを持ってきて。引き出しの鍵はエリストラの本棚に飾ってある、私が初めてサインした本の下にあるはずよ」

人が変わったように威厳を滲ませ指示するエリスを見て、ジェフリーは戸惑いながら目を見開く。

「エリス嬢、いったい何を……」

涙を拭い、皇帝に取り上げられていた眼鏡を掛けるエリス。

「私、物語は必ずハッピーエンドにしないと気が済まないんです。だから……私が陛下を救います」

第十四章　以心伝心

夜会の場は荒れに荒れていた。

出口を封鎖され身体検査まで強要される貴族達からは不満が噴出している。

ウルフメア伯爵夫人は、この状況に不安を覚えていた。

この国の皇帝が倒れたのだ。それも明らかに毒と分かる症状で血を吐いて。

そしていつ終わるかも分からない捜査。

そんな中、一人の青年が声を上げる。

「陛下の容体は心配だが、皇室が我々を長時間拘束するのは間違っている。ここは私が、皇位継承権を持つ者として指揮を執り皆さんを迅速に解放しようと思います」

貴族達に向けてそう宣言したのは、エバルディン伯爵だった。

不満が溜まっていた貴族達は彼に賛同し、一丸となって皇室に抗議すると言い出す始末。

だが、それは一方で皇帝に毒を盛った犯人を取り逃すことにも繋がるのではないか。

冷静なウルフメア伯爵夫人には、それが得策とは思えなかった。

しかし、この状態で伯爵夫人が何を言ったところで耳を傾ける者はいないだろう。

慎重な家門の当主は無闇に賛同することこそしていないが、ことの成り行きを傍観するばかり。

「こんな時に陛下の伴侶……皇后陛下がいてくだされば場を収めていただけるのに」

夫人の独り言は周囲の怒号に掻き消されていった。

◆

「何をなさるおつもりですか？」

ペンと紙をエリスに渡しながら、ジェフリーは慎重に問い掛けた。

「陛下を死なせはしません。伯爵に捜査の指揮権を渡したりもしません」

「そんなことが可能でしょうか？　邪気を含むものといえば魔獣ですが、死んだ魔獣からは邪気が消えてしまいます。生きた魔獣を生捕《いけど》りにするにしても、魔獣の生息するザハルーン王国との国境に当たる山脈まで三日は掛かります。とても短時間で用意できるものではありません」

「陛下の治療法については、私に心当たりがあります」

「本当ですか⁉」

「はい。それよりも、問題は貴族達を扇動しているエバルディン伯爵です。動機のある彼は第一容疑者ですが、たとえ伯爵でないとしても犯人はまだ皇宮内にいるはず。今貴族達を解放してしまえば、犯人が証拠隠滅を図る恐れがありますよね」

「その通りです。ですが、陛下がお倒れになったこの状況で、我々だけでは貴族達を抑えられません。

伯爵が指揮権を握るのも時間の問題でしょう」

「でしたら尚更、伯爵が指揮権を握る前に、なんとしても時間を稼がなければいけません」

「いったいどうやって……」

口と同時に手を動かしていたエリスは、あっという間に三通の手紙を書き上げジェフリーに手渡す。

「これを出版社のルークに届けてください。時間がないので大至急！」

「は、はい！」

エリスの勢いに押され、ジェフリーは慌ててその手紙を信頼できる騎士に託した。

「それから、例のものは持って来てくれましたか？」

「こちらに。……ですがこれをどうされるおつもりで？」

ジェフリーが取り出したのは、エリスの指示通りに皇帝の執務室で見つけた一枚の書類だった。

そこには皇帝の署名の横に、書きかけのエリスのサインが記されている。

「皇位継承権のある伯爵より高位で、陛下の代わりに貴族達を黙らせる者が必要ならば——」

皇帝の筆跡を指先でなぞったエリスは、その横にある自らのサインの続きを書き上げて顔を上げた。

「——私が皇后になります」

◆

「困ります、捜査が終了するまで、もう暫《しば》しお待ちください！」

「我々を疑っているのか？　ここにいるのは名家の貴族ばかりだぞ!?　それを長時間拘束しようなどとは、無礼にも程がある。陛下がお倒れになった今、現場の指揮を執れる者がいないのでは？　であれば皇位継承権を有する私に権限を委任すべきだろうが！」

制止する騎士に向かって怒鳴るエバルディン伯爵は、賛同する貴族達を率いて無理矢理会場を出ようとしていた。

「お待ちください」

そこに登場した一人の令嬢。

先程まで皇帝の隣にいた、謎の美女で、皇帝が初めて公の場に連れてきたパートナー。

眼鏡を外し素顔を晒した状態で現れたエリスは、その美しい顔を凛《りん》と上げて貴族達を見渡した。

「これはれっきとした皇帝陛下暗殺未遂事件です。この場を保存し徹底的に調査すること。それが騎士団の役目であり、それに協力するのが帝国貴族としての義務なのでは？」

突然の令嬢の言葉に、困惑の騒めきが走る。

「失礼ですが、ご令嬢。我々はあなたのお名前すら存じ上げません。陛下のパートナーだからといって、ここにいる高位貴族に向けてその態度はいかがなものかと思いますよ」

相手は出自も分からぬ小娘。

そう思い込み、伯爵は上から目線でエリスを嘲笑《あざわら》う。対するエリスは冷静に、よく通る声で言い放った。

「私が誰で、どういう立場で口出しをしているか。これを見ればお分かりいただけるかと。ジェフリー、皆さんにお見せして頂戴」

皇帝のみに忠誠を誓う秘書官として有名なジェフリーが、謎の令嬢の言葉に従い一枚の書類を掲げる。

頭の切れる当主の中には、ジェフリーのその態度だけで令嬢がどんな立場か理解した者もいた。

「これは……婚姻誓約書？」

ジェフリーの掲げた書類を読み上げたエバルディン伯爵は、まさかと息を呑んだ。

エリスが〝ロマンチックで恐ろしいもの〟と称し、皇帝がエリスのために用意したと聞いてトランチェスタ侯爵が大層感激したこの婚姻誓約書。

これはただの紙切れではない。

婚姻は式を挙げ神殿に認められて初めて成立するが、この婚姻誓約書は全ての過程を省略して夫婦であることを宣言する、強力な呪《まじな》いが込められた書類なのだ。

書いたそばから効力が発動し、署名した二人は誓約のもとに縛られる。

不貞は禁じられ、離縁は許されない。

破れば死が待っている。

数十年前に愛し合う夫婦の象徴として流行ったが、すぐに死者が出て廃れたこの書類。それを用意した皇帝はやはり正気ではない。

そう思いながらも、エリスは自らこの書類にサインした。

これはエリスの覚悟の表れでもある。

「ちょっと待て……この名前、エリス・トランチェスタだと？」

ただでさえあり得ない書類を突きつけられているというのに、そこに記された皇帝の隣のサインを見て、伯爵は信じられない表情でエリスを見た。

「あの、地味で平凡な侯爵令嬢……？」

やっとエリスの正体に気付いたらしい伯爵に、エリスはいつもの眼鏡を掛けて堂々と言い放つ。

「私は既に陛下の后《きさき》です。礼儀を弁《わきま》えなさい、エバルディン伯爵」

普段は地味で目立たない平凡な令嬢が、まさか。あのダサい眼鏡の下が絶世の美女で、皇帝とそういう間柄だったとは。

貴族達に衝撃が走る。

「そんなもの……！」

自分を見下す地味令嬢に、伯爵は反論しようとした。

しかし伯爵の声を遮るように、トランチェスタ侯爵の代理で夜会に出席していたヴィンセント・トランチェスタ小侯爵が前に出る。

「私が保証しましょう。ここにいるのは私の妹であるエリス・トランチェスタであり、我が侯爵家は間違いなく皇帝陛下より婚姻のお申し入れをいただいておりました。当主である父も了承済みです」

優秀で評判のいいトランチェスタ小侯爵の証言に、周囲は驚きながらも畏れ多い目をエリスに向ける。

ヴィンセントの言う通りこの婚姻誓約書が本物であれば、エリスは皇帝の妻……つまり皇后である。

いくら皇位継承権のあるエバルディン伯爵といえど、下手な口出しができない。

そのことに思い至り、計画が狂ったと焦る伯爵は必死に考えを巡らせた。

なんでもいい。目の前の女の正当性を下げなければ。

「皇后となる者を婚約式も婚姻式もすっ飛ばしてこんなに簡単に決めるはずがない！　これはトランチェスタ侯爵家による捏造《ねつぞう》ではないのか？」

エリスに向けてピンと指を向けるエバルディン伯爵。

その指を払い除けるようにエリスはジェフリーの手からもぎ取った婚姻誓約書を突きつける。

「この婚姻誓約書は見てお分かりの通り、紙の色が赤へと変わりすでに効力が発動しております。このサインは陛下がお書きになったもので間違いありません」

今では実際に目にすることが滅多にないが、婚姻誓約書の恐ろしさをよく知る世代の者は書類が本物であることに驚いて悲鳴を上げる。

さらにエリスは力強く続けた。

「それに陛下がどのようなお方か、帝国民であれば誰もが知っているはず。慣例やしきたりなど陛下には関係ありません。陛下は誰がなんと言おうと己が決めた道を突き進むお方。私との婚姻もそうしてお決めになり、一刻も早くと婚姻を成立されたのです。エバルディン伯爵はそんな陛下のお心を勝手に判じると言うのですか？」

怯んだ伯爵へ向けて、エリスの隣に立ったヴィンセントもハンサムな顔に怒りを滲ませていた。

「私もエバルディン伯爵のお言葉には黙っていられません。我が侯爵家への侮辱と受け取ります」

有力家門の次期当主、それも社交界ではエバルディン伯爵より人気の高いヴィンセントの宣言に伯爵は後ずさる。

「くっ……」

どちらにつくべきか決めかねている周囲の視線に気づいた伯爵は、なんとしてもエリスの評判を落とす方法を考えた。

「そうだ、君はその見た目を利用し、色仕掛けで陛下を惑わせた挙げ句、その地位を得た途端邪魔になった陛下を殺害しようとしたのではないか⁉　つまり君が陛下を毒殺しようとした犯人だ！」

伯爵が捻り出した言葉は暴論ではあるが、貴族達に疑惑をもたらすには充分だった。その視線を感じながらも、エリスは動じず答える。

「つまり伯爵は、私の陛下への愛が嘘偽りだと。私が陛下を騙《だま》して誑《たぶら》かしたから私が犯人であるとお考えなのですか？　それでしたら、私達の愛が本物であることを証明してみせますわ」

「そ、そんなこと、できるはずが……！」

動揺する伯爵の前を横切り、エリスは不安げなウルフメア伯爵夫人の前に立った。

「ウルフメア伯爵夫人。あなたは作家エリストラの熱心なファンですわよね。新作が出るたびにファンレターを送ってくれますもの」

突然名指しされた夫人は、エリスの言葉に目を見開いた。

「何故それをご存じなのです……!?」

ふ、と笑ったエリスは、次にその横にいる二人の淑女にも目を向けた。

「ランブリック侯爵夫人、ルフランチェ伯爵令嬢。お二人もエリストラのサイン本を出版社に頼み込む程のファンですわよね？」

「は、はい！」

「いったいどうして……」

言い当てられた二人がまさか、とエリスを見る。

「何故知っているのかと？　それは私が作家エリストラ本人だからです。そして私が書いている新作の『暴君と淑女』は、陛下と私の恋模様をモデルにした物語ですの」

エリスの暴露に、貴婦人達は固まった。そして次の瞬間――

「「「……な、な、なんてことなの……！」」」

――あまりの興奮に絶叫を上げげた。

「エリス嬢がエリストラ⁉」

「あの物語が、あの俺様暴君皇帝が、実在しているですって⁉」

「ああ！　神様、こんなに素敵な事実をありがとうございます！」

目を限界まで見開いて興奮する三人。

普段慎《つつ》ましく貞淑であると有名な貴婦人達の変貌に、周囲が唖然とする。

「お、おい！　君が作家であることが、なんの証明になると言うんだ！」

口を挟んできたエバルディン伯爵に鋭い目を向けたウルフメア伯爵夫人は、大きな声で堂々と言い放った。

「お二人の愛が本物であること、私が証言いたします」

「私もです」

「私も賛同いたします」

隣の二人も、そしてエリストラ作品のファンである他の多くの淑女達までもが、ウルフメア伯爵夫人に続いて次々に声を上げる。

「一途に愛し合うお二人の愛を疑うなど、信じられませんわ！」

「あの物語を読めば、ロマンチックなお二人の愛に疑いの余地などありません！」

「私達が請け合います。エリス嬢は心から陛下を愛しておられるわ！」

「な、なんだこれは……そんな理論が罷《まか》り通るわけ……」

貴婦人達のあまりの圧に、圧倒される伯爵。

（小説の力と読者の……物語のファンの熱量を舐めないでほしいものね）

ファンの前に理論など意味をなさない。

今のエリスの目的は時間を稼ぐこと。

つまり、この場は押し切った者勝ちである。

「じ、地味令嬢が、こんなに美しいはずがない！　貴様、邪術を用いて陛下や我らを騙しているのではないか!?」

狼狽えつつもなんとか難癖をつけようと糸口を探す伯爵に、貴婦人達は疑わしげな目を向けた。

「先ほどから聞いていれば、伯爵のお話にはなんの根拠もございませんわ」

「そもそも伯爵は、エリス様ばかりをお疑いになるけれど、ご自身はどうなのです？」

「そうですわ。陛下が倒れて得をするのは、伯爵ではありませんか！」

一部の貴婦人達から上がった声に、成り行きを見ていた貴族達の疑いの目が伯爵に向かう。

図星を突かれた伯爵は怒り声を上げた。

「わ、私をその女と一緒にするな！　私はこの帝国を思って……」

しかし、伯爵が言い切る前にその場の温度が急降下する。

馴染《なじ》みのある殺気。

息を止めてしまうほどの威圧的な空気。

広間の階段を降りてくる靴音に、エリスは泣きたくなって振り向く。

「――俺のエリスがなんだって?」

何よりも聞きたかった声が、エリスのもとに降ってきた。

第十五章　因果応報

「陛下……っ」

いつもの威厳を滲ませエリスの隣に立つ皇帝アデルバート。

その姿を見たエリスは溢れ出しそうな涙をなんとか堪えた。

ここでエリスが号泣してしまえば何もかもが台無しだ。

堪えるエリスの手を取り、指を絡ませた皇帝は、励ますように繋いだその手にギュッと力を入れた。

固唾《かたず》を呑んで二人を見守っていた貴婦人達から黄色い悲鳴が上がる。

「皇后の発表はもっと相応しい場を設けようと思っていたが、俺が寝ていたせいで先に済ませてしまったようだな」

残念そうな皇帝の物言いに、冷静に状況を見ていた家門の当主から声が掛かる。

「では陛下、エリス嬢を皇后に迎えられたのは事実なのですね？」

「ふん、見れば分かるだろ」

繋いだ手を引き寄せてエリスを抱き寄せる皇帝。

温かな体温や鼓動に心底安心したエリスは、皇帝の服の裾をギュッと握って応える。

一連の動作を見ていた貴族達は納得し、貴婦人達は尊さに息もできない様子だ。

「で？　俺のエリスに難癖をつけていたのはどこのどいつだ？」

皇帝の赤く鋭い瞳が怒りを滲ませてエバルディン伯爵に向けられる。

ヒッと息を呑んだ伯爵は、慌てて言い募った。

「へ、陛下！　私はただ、その女が陛下を惑わせたのではないかと心配で……」

「つまり、エリスが俺を騙していると？　よくも俺の愛するエリスを侮辱してくれたな。不愉快だ、捕らえて首を刎ねろ」

「えっ」

暴君の健在ぶりを存分に発揮した皇帝の一言で、エバルディン伯爵はあっという間に拘束された。

剣を向けられ死の淵《ふち》に立たされた伯爵は、パニック状態の中で慌てて声を上げた。

「陛下！　こんな、あまりにも横暴です！　私は聖水を飲んで倒れられた陛下をとても心配していたのですよ!?　なのにこんな仕打ちは……」

それを聞いた皇帝とエリスは、伯爵の自滅ぶりに呆れ果てた。

「間抜けにも程があるだろ。俺が飲んだのが毒ではなく聖水だと、どうして知っている？」

「そ、それは……っ」

「成程、お前が俺を殺そうとした犯人だったのか。皇后を侮辱しただけでなく、俺の暗殺まで企《たくら》むとは。今この場で首を刎ねてやろうと思ったが、一瞬で楽にしてやるのは物足りないな。たっぷりと苦しめてから処刑してやる。覚悟しろ」

ニヤリと恐ろしく笑う皇帝に逆らえる者などいるはずもなく。あれだけ場を掻き乱していたエバルディン伯爵は呆気《あっけ》なく連行された。

「犯人も捕まったことだし、エバルディン伯爵に賛同していない家門は解放しよう。あの馬鹿に肩入れした者どもは徹底的に尋問する」

会場にいた貴族達の明暗は、これでハッキリと分かれた。

安堵《あんど》し皇帝と皇后に祝辞を述べて帰宅する者、自分は関係ないと叫びながら連れていかれる者、寄り添う皇帝とエリスの神々しさに手を合わせ拝む者。

暴君陛下の変わらぬ権威と、彼が迎えた皇后の賢明さはあっという間に帝国中に広まることとなった。

◆

「苦労をかけてすまなかった、エリス」

事態を収拾し、漸《ようや》く二人になれたところで、皇帝は改めてエリスに向き合っていた。

「陛下がご無事で何よりですわ」

目を潤ませるエリスを愛しく思いながら、皇帝は横目でテーブルの上に置かれたものを見た。

「……で、あの奇妙な枝はなんだ？」

黒々とした、干涸《ひから》びた枝のようなその物体を、なんとも言えない表情で見る。

聖水に内臓を灼かれていた皇帝は、この枝の粉末を飲んだことで邪気を取り込み、体を蝕《むしば》んでいた聖力が中和されて一命を取り留めたらしいのだが、自分が飲んだという物体のあまりの不気味さに複雑な心境になる。

「あれはシャルシャジャラの枝です」

「シャルシャジャラ……？」

「以前ザハルーン王国の文化を調べた時、降雨を祈願して行われる祭事の話を聞いたことがあったんです。ザハルーン王国の砂漠部には強い邪気を宿すシャルシャジャラという木が根を張っており、切ってもなお邪気を宿すこの木の枝を燃やすことで、邪気を払い雨を呼ぶ演出をするのだとか」

エリスが小説のために他国の文化を勉強し、その過程で外交官とも親しくなったと言っていたことを思い出した皇帝は、成程と得心した。

「ザハルーン王国の外交官、ラーシド様の家系は代々この祭事を取り仕切る神官の家系だとか。ですから、ラーシド様に掛け合えばこの枝を譲ってくださると思い手紙を書いたのです」

堅物と有名な外交官から快く協力を得たエリスの手腕に、皇帝は脱帽するしかない。

「しかし、ザハルーン王国からここまでこれを運ばせるには何日も掛かるはずだ。何故こんなに早く調達することができたのだ？」

皇帝が更なる疑問を口にすると、エリスは眼鏡に光を反射させて答えた。

「そこはオニクス商会の流通網を利用させてもらったのですわ。ほら、例の新規事業です。オニクス商会は魔晶石を原動力とした、商品の瞬間転送システムを開発しているのです。試作段階な上に、稼働に大量の魔晶石と多額の費用が必要とのことでしたが、私の要請を受けた商会長が迅速に対応してくれました」

これまたエリスは小説執筆のために得たコネを遺憾なく発揮した。

「お二人への連絡には、出版社の魔術通信システムを使用させてもらいました。本来はスクープを世界各国からいち早く得る魔術システムなのですが、担当のルークに頼んで大至急手紙の内容をお二人に届けさせたのです」

「…………」

黙り込んだ皇帝は、無言のままエリスを抱き寄せた。

「!! 陛下……？」

「……お前のお陰で助かった。お前がいなければ、俺は死んでいただろう」

「縁起でもないことを言わないでください！」

皇帝が死ぬかもしれない。

そう思うだけで、エリスがどれほど絶望したことか。

人の気も知らないで、と怒るエリスを見下ろした皇帝は、痛いほどに胸が痺れるのを感じていた。

ドクドクと高鳴る鼓動と、果てしない安息と、表現し難いほどの激情。

皇帝の胸中に渦巻くそれらが、全て腕の中のエリスだけに向けられている。

この狂おしくも心地好い感情の名を、皇帝はもう知っている。

「あの婚姻誓約書にサインしたということは、正式にお前は俺のものになったと思っていいんだな?」

「……はい」

エリスを独占したい。

自分だけのものにしたい。

同時に、自分だけを見てほしい。

自分と同じだけの想いを、自分に向けてほしい――。

「全部だ」

「え?」

「愛も恋も執着も、俺の中の感情全部がお前だけに向いている」

エリスの眼鏡を外した皇帝は、鼻先が触れ合う距離で傲慢に命令を下した。

「永遠に俺のそばにいろ。小説が書けなくても、皇后の務めを果たせなくても構わない。だが、俺から離れるのだけはダメだ。それだけは絶対に許さない」

「はい……陛下」

既に心を決めていたエリスは、ゆっくりと落ちてくる彼の唇を素直に受け入れたのだった。

◆

暴君皇帝の妻となった皇后が、ロマンス小説作家エリストラであるという話は帝国中に広まっていった。

それは当然、エリスの父であるトランチェスタ侯爵の耳にも入ったわけで。

父からの手紙を受け取ったエリスは、ワナワナと震えていた。

【エリスよ、お前があんなに破廉恥な……いや、情熱的な話を書いているとは知らなかった。

お前の才能に気付いてやれずすまなかった。

正直とても複雑だが……しかし、納得もした。

以前陛下から伺っていたお前の才能については……これも受け入れるのに相当な時間が必要だったが、あんなに破廉恥な話を書くお前であれば、そういう面でも才能を発揮するのだろうと、今ではなんとか受け入れられそうだ。

何はともあれ陛下と末永く幸せにな。

追伸、お前と陛下のアレコレを想像してしまうので、お前の新作は買ったまま未読だ。

そのうち気持ちの整理ができたら読んで感想を送るから、待っていてくれ】

顔中が赤くなり、嫌な汗が噴き出て目を逸らしたくなるのを必死に我慢しながら父からの手紙を読み終えたエリスは、握り締め過ぎてシワの寄ったその手紙を震える手で机の中に封印した。

「陛下？　いったい父に何を言ったのですか？」

目を吊り上げたエリスが、皇帝を睨む。危険を察知したジェフリーは早々にその場を逃げ出していった。

「い、いや……俺はただ、エリスなしでは生きられない体にされたと言っただけで……」

汗を流しながら弁明する皇帝に全てを悟ったエリスは呆れた。

「………………暫くの間、陛下とは口を利きたくありません」

「なっ⁉　エ、エリス……」

「……」

くるりと背を向けたエリスに、皇帝は情けなく追い縋った。

「エリス！　俺が悪かった！　頼むから許してくれ、この通りだ！　お前に無視されるなんてこの世の終わりだ！」

土下座する勢いの皇帝は、妻の前では暴君の威厳など投げ捨てて必死に許しを乞う、どこにでもいるようなただの男に成り果てたのだった。

暴君皇帝陛下が治める帝国は、今日も平和である。

エピローグ

「ダンスをしたことがないのでお相手はできかねます」

温かみの一切感じられない、極寒の冬空を思わせる瞳で深々と頭を下げた騎士アルペリオは、そのまま素っ気なく王女に背を向けた。

彼にダンスを申し込んでいた王女の手が、夜会の喧騒《けんそう》の中に取り残される。

一介の騎士、それも平民の出である彼の態度に眉を顰《しか》める貴族達。何よりも彼がダンスを断った相手はこの国の王女である。

「いくら騎士として名を上げても、あれじゃあ出世は絶望的ね」

「王女様に恥をかかせるなんて……」

騎士に向けられる非難の目と、自分へ向けられる同情の視線。それらを振り払うように、王女は出口へと向かう騎士の背中を追いかけた。

「お待ちになって、アルペリオ卿《きよう》」

「……」

人気のない廊下まで追ってきた王女に声をかけられ、仕方なく振り向いたアルペリオ。その瞳は冷たく、何の感情も映してはいない。そんな彼を見上げて、王女は切実に訴えた。

「お節介だとは重々承知しておりますわ。ですが、ファーストダンスを申し込んだあなたをこのまま帰すのは、王族としての名折れです。ダンスが踊れないとおっしゃるのなら、どうか私に手解《てほど》きをさせていただけませんこと？」

先ほどの態度を咎《とが》められると思っていたアルペリオは、思いもよらない王女の提案に顔を顰《しか》める。

王女は祈るように胸の前で手を握り締めた。

彼は覚えていないだろうが、暴漢に襲われ恐怖に震える自分を守ってくれたあの時の彼に、どうしても恩返しがしたかった。

「私に任せて頂けたら、次の夜会までにダンスを踊れるようにして差し上げます」

どこか必死な王女の声音を感じ取りながらも、アルペリオは淡々と答えた。

「結構です。私は騎士であって、貴族ではありません。当然、ダンスなど踊れなくても困ることはありません」

「で、ですが、卿は今後も騎士としてご活躍されるでしょう。そうなれば、今日のように夜会に招待される機会もあるはず。ダンスのスキルはきっと役に立つはずですわ。どうか私にそのお手伝いをさせてください」

「何故、そこまで……」

王国中から愛される姫君が、一介の騎士相手にここまでする理由。そんなもの皆目見当もつかないアルペリオは訝しげに王女を見た。

アルペリオの態度を不敬と断じることもなく、むしろ追い縋ってくるような王女の行動が理解できずに困惑する。そんな彼の様子を気にする余裕もない王女。

「明日の正午、私の宮の裏庭に来てください。小さな噴水の前でお待ちしております」

アルペリオの答えも聞かず、王女はその場を足早に立ち去った。

今にも飛び出しそうな王女の心臓は、先ほどからずっと早鐘を打っている。熱くなった顔と、意味もなく潤む瞳を誰にも見られたくない。

残されたアルペリオは人気のない廊下で一人、駆けていく王女の後ろ姿を見送っていた。

冷血と称されるが根は真面目なアルペリオは、覗くだけ覗こうと指定された場所を訪れた。

どうせ気位の高い王女の気まぐれ。彼女がこの場に来ることはないだろうと、王女宮の護衛騎士のフリをして裏庭に入り込むと、小さな噴水の横に一人で立つ彼女の姿を見つけてしまう。

「アルペリオ卿！　来てくださったのね」

「……」

その華やかな笑顔を見た途端、アルペリオは後悔した。

王女からあんな顔を向けられてしまえば、引き返したくても引き返すことができないではないか。

そう思ってしまうほどに、アルペリオを見上げる王女は幸せそうだった。しかし、だからといって彼女の時間を無駄にする気はない。

「殿下の厚意を無下にするわけには参りませんから、来たまでです。ですが、昨日も申し上げた通り私にダンスは必要ありません」

冷たく言い放ったアルペリオに対し、王女は一瞬だけ傷付いた顔をしたが、すぐに決意を込めた瞳を向けた。

「それでしたら、一度だけで構いません。形だけでも、私と踊ってください」

アルペリオは本当に訳が分からなかった。何故、王女はここまでして自分と踊りたいのだろうか。

もしかすると、昨日の夜会で一方的に断ってしまったのが原因か。

だとしたら、彼女の望みを叶えればもう自分に興味を示すことはなくなるだろう。

「……では、一度だけ」

仕方なく頷いたアルペリオを見て、王女は花が綻ぶような笑顔を見せた。

「ありがとうございます！　音楽がなくて申し訳ないのですが、どうぞ手を」

「手を……？」

「右手はこちら、左手はこちらに。そう、その腰の位置ですわ」

「…………ッ！」

言われるまま王女の体に手を回したアルペリオは、その腰の細さに驚愕した。

肩も腕も手も、どこもかしこも細くて折れそうで、それでいて柔らかい。それになんだか花のようないい香りもする。

天涯孤独に生きてきたアルペリオにとって、女性の体に触れたのはこれが初めてだった。

女体が不思議で仕方ないアルペリオは、つい無意識に王女の体をまさぐっていた。

「ア、アルペリオ卿……！　そのように触れられると……私、んっ！　そこは、……あっ」

顔を真っ赤にした王女が吐息のかかる距離で見上げると、至近距離でその濡れた瞳を見たアルペリオは――


「何を読んでいるの!!」

読んでいた本を取り上げられた幼い皇子と皇女は、同時にぷくうっと頬を膨《ふく》らませた。

「いいところだったのに！」

「取り上げるなんてひどいです、お母様！」

むくれた子供達に文句を言われたエリスは、ズキズキと痛む頭を抱えてため息を吐いた。

「はぁ……。これはダメだと言ったじゃない」

眼鏡の奥の瞳に苛立ちを宿したエリスは、手の中の本――『冷血騎士と王女の秘密のダンスレッスン』を愛読書としている夫に向き直る。

「陛下！　またこんなところに本を置きっぱなしにして。子供達が手に取ってしまったじゃないですか！」

「わ、悪かった」

こっそり回収しようとしていた本が子供達に見つかり、更にその現場を妻に押さえられてしまった皇帝は、冷や汗を垂らしながら即座に謝罪を口にした。

皇后から問題の本を受け取った秘書官ジェフリーは、気配を消しながらそそくさと部屋を出ていく。

取り残された皇帝に、皇子と皇女は好機とばかりに縋り付いた。

「父上！　僕も母上の書いた本を読みたいです！」

「お父様ばかり、ずるいです！　私達だってもう字は読めるのに、どうして読んじゃダメなんですか？」

「いや、それはだな……お前達にはまだ早いからであってだな……ゴホン。ほら、本を読みたいならこっちにある童話でも読んだらどうだ？」

「早いって、何がですか？」

「どうして童話はよくて、お母様の本はダメなんですか？」

「だから、それは……その、つまり……あの本は大人が読むもので……」

「大人が読むって、なぜ決まっているんですか？　童話とは何が違うんですか？」

「あの本には騎士とお姫様が出てきました。童話にも騎士とお姫様は出てきます。それでも子供は読んじゃダメなんですか？」

母に似て頭の回る子供達に言い負かされそうな皇帝は、タジタジになりながら妻を見た。

「うっ、エリス、助けてくれ」

「知りませんわ。自分で蒔《ま》いた種ではありませんか」

腕を組んだエリスは、ツンとした態度で顔を背ける。

「そんな、エリス！」

「ねぇ父上、どうしてですか？」

「お父様！　お願い！　読ませて！」

「エ、エリス‼」

子供達に両腕を引っ張られた皇帝の悲痛な声が、平和な皇宮中に響き渡った。


「……まったく。アレのどこが暴君なんでしょうね」

蔵書が倍以上に増えた皇帝のエリストラ専用本棚に本を戻したジェフリーは、やれやれと独り言を漏らしたのだった。

新婚旅行

誰もが驚いた暴君皇帝の極秘結婚と暗殺未遂事件から三ヶ月。

皇后となったエリスは、皇帝と共に隣国のザハルーン王国を訪れていた。

「まさかお前と新婚旅行に来られるとは思っていなかった！」

砂漠の国であるザハルーン王国で異国の衣装に身を包んだ皇帝が満面の笑みをエリスに向ける。

対するエリスもまた異国の衣装を着こなしながら子供のようにはしゃぐ夫へ目を向けた。

「陛下。何度も言っていますが、これはれっきとした外交です。オニクス商会の運送システムの件で視察に来ただけですので、あまりハメを外さないでくださいね」

「冷たいことを言うな。新婚の俺達がこうして外国に旅行に来たのだから、新婚旅行で間違いないだろう」

駄々《だだ》をこねる子供のように口を尖《とが》らせる皇帝に呆れながらも、エリスは諭《さと》すように優しく苦言を呈《てい》した。

「私だって陛下とこうしてこの国に来られて嬉しいですが、表面上はあくまで外交なのですから。しっかりなさってください」

暴君と恐れられた皇帝は、妻のお小言に気分を害することはなく、むしろ上機嫌になる。

「なんだ、お前も俺と一緒で嬉しいのか。そうか、そうか」

「…………」

エリスは返事を放棄した。

浮かれた皇帝があまりにも傲慢で分からず屋で、そして可愛かったからだ。

返事の代わりにグドラという頭に巻くスカーフを引っ張って直してやる。

自身も密かに浮かれていたエリスは、ついでとばかりに皇帝の頭をグドラの上からわしゃわしゃと撫でた。

されるがままの皇帝も、見えない尻尾《しっぽ》を振っているかの如く満更でもなさそうだ。

「お二人とも。新婚に浮かれてイチャイチャしたいのは分かりますが、仕事が終わってからにしてください」

ジトリとした目を二人に向けたジェフリーは、異国の日差しを浴びているせいか普段よりやつれて見えた。

◆

『ラーシド様！　こうして直接お会いするのはお久しぶりですね』

招かれた宮殿で外交官ラーシドの歓待を受けたエリスは、ザハルーン語でザハルーン式の礼をする。

『お久しぶりです、エリス様。ご結婚おめでとうございます』

たっぷりとした髭《ひげ》を生やしたラーシドは、娘を見るような優しい目で礼を返した。

『ありがとうございます。ラーシド様、ご紹介しますね。こちらは私の夫であり、ラキアート帝国を統べるアデルバート皇帝陛下です』

エリスの紹介で前に出た皇帝もまた、妻に倣いザハルーン式の礼をした。

『これはこれは、皇帝陛下。お会いできて光栄です。あなた様の上に平安がありますように』

ラーシドに右手を差し出された皇帝は、同じく右手を差し出し握手を交わした。

『貴殿の上にこそ平安があるように。エリスが世話になっているそうだな。先日は貴殿が送ってくれたシャルシャジャラの枝のおかげで助かった。改めて礼を言う』

皇帝の流暢《りゅうちょう》なザハルーン語とマナーに則《のっと》った完璧な挨拶に、堅物と有名なラーシドは深く礼をした。

『お役に立てたのならば何よりです。国王陛下と王子殿下もご挨拶《あいさつ》をしたいとのことですので、どうぞこちらでお待ちください』

豪華な装飾をあしらった宮殿の中を案内されながら、エリスはその美しさに目移りしてしまう。

「なんだエリス、ここの装飾が気に入ったのか？」

「ええ。まさに絢爛豪華、あちこちにある金の装飾が綺麗ですね」

エリスのこととなると敏感な皇帝は、素直なエリスの感想を聞いてギロリと赤い目を宮殿のあちこちに走らせた。

「じゃあ帰ったらお前の部屋を全て金の装飾に……」

「しなくていいです！　私はあの部屋が気に入っているので、そのままにしてください！　それより陛下もザハルーン語が堪能なのですね」

通された貴賓室で王族を待ちながら、エリスは話題を変えるため隣に座る皇帝にそっと囁く。

「ああ。周辺諸国の言語と礼儀作法はある程度習得している」

なんでもないことのように素っ気なく答えた皇帝に、エリスは目を丸くした。

「……陛下って意外と優秀ですよね」

「意外と、は余計だろう」

失礼なエリスの言葉に怒るでもなく皇帝は苦笑する。

「すみません。でも、確かに陛下が即位されてからやり方はどうであれ、帝国が発展したのは事実です」

たまにエリスの小説に没頭して疎《おろそ》かになる以外は、いつだって公務を完璧にこなしている皇帝。

必要であれば大きな改革を行い、柔軟に法を変え、他国との外交にも力を入れている。

今まで暴君の陰に隠れていたが、彼が君主として優秀であることは疑いようもなかった。

「陛下は私のことばかりお褒めになりますが、陛下だって様々な知識やそれを有効に活用する手腕をお持ちじゃないですか」

感心したようなエリスの眼差しに、皇帝は静かに答えた。

「まあ、あれもこれも小さい頃に血反吐が出るほど徹底的に教育されたせいだがな」

「あ……」

血みどろの皇位継承争いの最中、暴君となる教育を余儀なくされた皇帝。

出会う前の彼の半生を思い出したエリスは、不躾に皇帝の傷口に触れてしまったのではと思い、そっと口を押さえた。

「気にするな。当時詰め込まれた知識が結果的に今こうして役に立っているのだから」

そんなエリスの様子を眩しく思いながら、皇帝は柔らかく微笑む。

幼い頃に刻まれた消えない傷を、自分のことのように悲しみ労《いたわ》ってくれるエリスのこういうところが、皇帝は愛おしくて仕方なかった。

暴君として両手を血に染め孤独に生きてきた皇帝に、寄り添ってくれる相手が現れるとは。

過去の自分には到底想像もつかないだろう。

エリスを伴侶として得たことを心から感謝する皇帝は、眼鏡の奥に隠されたその美しい瞳を自分に向けてくれる妻を今すぐにでも抱き締めたい衝動にかられたが、ここが異国の宮殿であることを思い出して堪えた。

自分の心を制御することもまた、エリスが教えてくれたことであると思うと、衝動を我慢するその時間すら愛おしかった。


ザハルーン国王と王子は、和やかな会食の場を設けて皇帝とエリスを歓迎した。

ザハルーン式の作法で食事をしながら話が弾む。

『帝国から提案頂いた運送システムは実に素晴らしい』

『商会と連携し研究が進めば、さらに実用的になりましょう』

『今後とも貴国とは交易を続けていきたい。我が国からもオニクス商会への投資を通じてこのシステム構築を援助する予定だ』

今回の視察の目的である運送システムの話で盛り上がる国王とラーシドと皇帝の横で、エリスは王子から熱心に話し掛けられていた。

『エリス殿とはずっとお会いしたいと思っておった』

皇帝の冷たい美貌とは違い、親しみやすいハンサムな顔の王子が女性好きで有名なことを、エリスはよく知っていた。

『ここだけの話だが。ラーシドがあまりにもあなたを評価するので、それだけ優秀ならば我がハレムに迎え入れたいと思っていたのだ』

夫がいる身の……それも他国の皇后に対し何を言っているのかと内心で呆れながらも、エリスは当たり障りのない笑顔を見せる。

『王子殿下はご冗談がお上手《じょうず》なのですね。こんな地味な女は殿下のハレムには不釣り合いでしょうに』

『何を言う。あなたの兄を見たことがあるが、それはそれは美男子だった。きっとあなたもその眼鏡を外したら美しいのだろう？　数多くの女性を見てきた私には分かる』

ジロジロと見つめてくる視線が不快だったが、それ以上にエリスはこの場面を皇帝に気取られることの方が心配だった。

会食の場で血の雨を降らせるのはまずい。

妻のことが大好きなこの夫は、エリスのこととなるとにかく冷静ではいられないのだから。

幸いにも皇帝は国王達との話に夢中でこの王子の視線には気付いていない。

『本当に残念だ。あなたが皇帝と婚姻してさえいなければ、今からでも我がハレムに誘いたいくらいなのに』

まだ言ってくる王子に愛想笑いをしながら、エリスは取り敢えずこの王子の軽口を黙らせることにした。

『王子殿下、ご冗談はそれくらいにしていただきませんと。私の夫はこう見えて我が国では暴君と恐れられるお方なのです。その宝石と金に彩られた首を刎《は》ねられたくはありませんでしょう？』

うふふ、とあくまでも冗談めかして言うエリス。

しかし、エリスの横で一見普通に話しているように見える男が親兄弟を殺して玉座を手に入れた暴君であることを思い出した王子は、エリスの声音の鋭さに鳥肌が立った。

ジャラジャラとした装飾品を纏《まと》う首が妙に重く感じる。

ゾッとした王子はそれ以上エリスに絡んではこなかった。

王子から顔を背けたエリスは何食わぬ顔で皇帝達の話に交じり、新たな運送システムに関する議論に加わったのだった。

「あの王子に何を言われていたんだ？」

しかし、上手く躱《かわ》せたと思ったのも束の間。

会食後に皇帝に捕まったエリスは、どうやら横目でこちらを気にしていたらしい皇帝から事情聴取を受けてしまった。

「あー……、私が陛下と結婚していなかったら、ハレムに迎えたかったと言われました」

誤魔化すべきか悩み、ここで下手に嘘を吐けば後から余計に面倒なことになりそうだと判断したエリスは正直に会話の内容を話した。

「ハレムだと？」

途端に目を吊り上げる皇帝。

「ハレムとはザハルーン王室の後宮じゃないか！　ザハルーンは一夫多妻制で王族はそれぞれ自分のハレムで気に入った女を囲うと聞いたことがあるぞ！」

異国の文化についても基本的知識のある皇帝がヒートアップしていくのを、エリスは眺めているしかない。

こうなれば言葉で説得するよりも、怒りが発散されるのを待つ方が早いからだ。

「あいつはお前を妾にしようとしてたのか⁉」

とうとう爆発した皇帝に、エリスは認識の相違が気になってつい口を挟んでしまう。

「落ち着いて下さい陛下。彼は女好きで有名なので、ほんの冗談だと思いますよ。あと、ハレムにいる女性は妾というか、実際の身分でいうと奴隷です」

「奴隷⁉　お前を奴隷にする気だったということか⁉」

火に油を注いでしまったエリスに、遠くから二人の様子を見ていたジェフリーは頭を抱えた。

「今すぐこの国を滅ぼしてやる！」

剣を取り本気でそう宣言した皇帝を見て、ジェフリーは慌てて駆け寄る。

「ダメです、陛下！　せっかく外交が上手くいっていたというのに戦争だけは……！　こ、皇后陛下！　お願いですから皇帝陛下を止めてください！」

今にも王子の首を落としに行きそうな皇帝を引き留めながら、必死に叫ぶジェフリー。

ため息を吐いたエリスは、仕方なくあるものを取り出して皇帝の前に掲げた。

「陛下。こちらをご覧ください」

「……そ、それはっ！」

「つい先ほど届いたのです」

エリスの手の中にあるものを見た皇帝は、剣を捨てフラフラとエリスの前に立つ。

「こちらを差し上げますから、王子の戯言《ざれごと》のためにこれまで築き上げてきたザハルーン王国との関係を台無しにするのはやめてください」

「……だが、あの生意気な王子はお前を口説こうと……」

エリスが持つものに目が釘付けになりながらも、皇帝は王子への怒りを捨て切れてはいないようでブツブツと文句を言う。

「ああいう男は女と見れば誰にでも声を掛けずにはいられない可哀想な生き物なのです。特別私に興味があるわけではありませんので、その広いお心でご容赦くださいませ」

手の中のものを右に左に振って皇帝の気を引こうとする。

エリスの手に合わせて右に左に顔を動かす皇帝は、まるで餌を待つ犬のようだった。

「お前に手を出す奴は許しがたい。が、お前がそう言うのなら……」

誘惑に負けた皇帝が完全に怒りをおさめたところで、エリスは〝よし〟とばかりに皇帝に手の中のものを渡した。

「それでこそ陛下です。取るに足らない小者の相手をすることはありませんわ」

「ああ、そうだ。何もかもお前の言う通りだ」

今ならエリスの言葉をなんでも受け入れそうな勢いの皇帝は、許可を得て渡されたそれを大事に大事に抱えながらエリスの隣に座り込んで目を輝かせた。


「ジェフリーさん、明日の予定の確認をお願いします。大きな変更はありますか？」

エリスから予定を聞かれたジェフリーは、手帳に目を通しながら答えた。

「明日は王族との会食と……午後から王子主催の狩猟祭への参加を予定しておりましたが、こちらはお断りした方が良さそうですね」

「そうですね。これ以上陛下を刺激したら、流石《さすが》の私でも止められませんから」

王子と皇帝との接触は避けた方がいいだろうと意見の合致した二人は、大きく頷き合った。

「では午後からの予定は変更いたします。ザハルーン王国特産のザハル絨毯《じゅうたん》を見物するのはいかがでしょう。花柄が美しいと評判で、陛下がぜひエリス様にお見せしたいそうなので」

「いいですね、楽しみです」

「夕方から陛下は国王の酒宴にお呼ばれしていますが、エリス様は明後日に備えてお休みいただけるよう手配しております」

恭しく頭を下げたジェフリーに、エリスはありがたい気持ちで微笑む。

「助かります。ありがとうございます」

「ある程度ゆとりを持った日程にしているとは言え、今回の滞在は慌ただしくなりますね。エリス様には別のお仕事もございますから」

肩をすくめたジェフリーは、すっかり大人しくなった皇帝の手にある本を感慨深げに見つめた。

「ええ。ですが、本当にありがたいお話です」

嬉しそうなエリスもまた、真新しい本を手に取って頬を染める。

「まさかエリストラ作品が、ザハルーン語に翻訳されてザハルーン王国で出版されるとは。最初に聞いた時は流石に驚きました」

エリスが手に取り、皇帝が熱心に読み込んでいるのは、ザハルーン語版の『冷血騎士と王女の秘密のダンスレッスン』だった。

「出版社のルークが働きかけてくれたお陰です。ザハルーン王国滞在に合わせて発売記念のサイン会も決まりましたから」

「それは何よりなのですが……。陛下、そんなに熱心に読まなくても、陛下はすでに帝国語版のその本を百回は読破しているではありませんか」

先ほどから一言も発しない皇帝に向けて声を掛けたジェフリーに、皇帝は本から目を離さないまま鼻を鳴らした。

「ふん。お前には分からんだろうが、他言語で翻訳された内容を読むのも興味深い。帝国語とはまた違った趣があってこれはこれで新鮮だ」

そして帝国語とは違った文字をなぞりながら力説を始める。

「たとえばここの騎士の台詞が帝国語版と若干ニュアンスが違っている。そのせいで次の王女の反応が違った意味に捉えられかねないが、解釈の一つとしては悪くない」

「はあ……」

「さらにその次の章、このダンスの描写が帝国のダンスではなくザハルーンのダンスに寄せた描写になっている。四六時中男女が手を取り合って踊る描写はザハルーン王国では受け入れられがたいだろうから、この改変は正解だな」

皇帝の解説を聞いたジェフリーは、口の端をヒクヒクと痙攣《けいれん》させた。

「……どこまで細かく読み込んだら、そんなに些細《ささい》な違いを一つ一つ見つけられるのですか」

ドン引きしている部下には構わず、その後も皇帝は帝国語版とザハルーン語版との違いを事細かに語り尽くした。

途中から聞き流すだけだったジェフリーに代わり、皇帝のエリストラ語りが一段落したのを見計らったエリスが声を掛ける。

「陛下、今回のサイン会には乱入しないでくださいね。前回帝国で行ったサイン会に陛下が並んでいた時は、せっかく来てくださった貴婦人達が驚きのあまり謎の発作を起こして大変な騒ぎになったのですから」

エリスから小言を言われた皇帝は、拗ねたように唇を尖らせた。

「ふん。好きな作家のサイン会に参加して何が悪い。エリストラの本を誰よりも購入しているのはこの俺だ。俺にだってサイン会に並ぶ権利はあるはずだ」

悪びれることのない皇帝は胸を張って主張する。

「ご自分が皇帝であることをちゃんと理解してください。まるで一般人のように長い列に並んで……貴婦人達が恐怖で凍りついていたじゃないですか」

呆れたエリスの言葉に反応したのはジェフリーだった。

「エリス様。貴婦人達が発作を起こしたのは単に陛下に恐怖しただけではなく、小説のモデルのお二人を崇めすぎて、行列に並んでまでエリス様のサインを手に入れようとする陛下の〝尊い〟行動に〝萌《も》え苦しんだ〟せいかと思いますよ」

「？　ジェフリーさんて、時々変なことを言いますよね」

まったく意味が分からないらしいエリスに、ジェフリーは諦めて首を振った。

「……分からないのでしたらいいのです。どうぞ私の戯言はお忘れください」

相手にするだけ無駄かと察したエリスは、改めて皇帝に向き直る。

「とにかく陛下、今回は絶対に来ないでください。陛下は私と別に予定が詰まっておいでなのですから、ご自身の公務を優先してくださいね」

「………………」

皇帝はそれ以上意見することはなかったが、最後まで頷くこともなかった。

◆

二日後、帝国から駆け付けた編集者のルークと共にサイン会の会場付近で待機していたエリスは、慌てて物陰に隠れようとしたジェフリーを見つけて首根っこを摑まえた。

「どうしてジェフリーさんがここにいるのですか？　まさか陛下は来てませんよね？」

「…………」

「ジェフリーさん？」

「…………仕方なかったのです。私では陛下をお止めできませんから」

エリスは盛大な溜息を吐いた。

どうやら皇帝は今回もサイン会に紛れ込んでいるらしい。

異国に来てまであの皇帝はいったい何をしているのか……。

サイン会は始まる直前。

今さら見つけ出して追い返すこともできず、仕方なくエリスは皇帝が乱入しているであろう会場に足を踏み入れ、温かい拍手で迎え入れられた。

その正体が帝国の皇后として知られているエリストラことエリスは、異国のザハルーン王国でも貴婦人達から歓迎された。

サイン会よりひと足早く発売されたザハルーン語版の『冷血騎士と王女の秘密のダンスレッスン』は、ザハルーン王国でも大人気作となっていた。

キラキラした瞳でエリスを見上げる貴婦人達は、黄色い悲鳴を上げながら登壇したエリスに手を振っている。

集まってくれた小説のファン達、その人混みの中。

エリスは嫌でも一瞬にして目立つ男を見つけてしまった。

金髪を黒く染め、変装した皇帝アデルバートが人混みの中で赤い瞳を輝かせながらエリスを見ている。

「まったく、あの人ったら……」

呆れ果てながらもエリスは、異国の地で変装してまで長い列に並んでいる皇帝が愛おしくて仕方なかった。

異国だからか、皇帝は貴婦人達の中で数少ない男性として目立ってはいるが、正体を気付かれてはいないようでなんとも自然に溶け込んでいる。

順調に進むサイン会では、帝国語とザハルーン語の両方でエリスに声を掛けてくれるファン達と温かな交流ができた。

異国にもかかわらず集まってくれたファンとの交流を楽しみながら、エリスはふと気になり皇帝の様子をチラリと見た。

そして思わず固まってしまう。

変装した皇帝は前に並んでいた女性に話し掛けられているのか、楽しげに何かを話し込んでいた。

「…………」

『エリストラ先生？』

「あ、ごめんなさい……」

ザハルーン語でファンに話し掛けられたエリスは慌ててサインに戻るが、心の中は気が気ではなかった。

（どうして……あんな顔を他の女性に）

頭に浮かんだ思考に自分で驚いたエリスは、馬鹿げた考えを振り払うかのように目の前のサインに没頭した。


長い行列の末、ようやく順番が回ってきた皇帝はソワソワモジモジしながら両手で本を差し出してきた。

「オホン。……エリス」

「黒髪のお兄さん、カッコいいですね」

咳払いした皇帝が何かを言おうとする前に、エリスは知らん顔で話し掛ける。

「ザハルーン王国の方ですか？　帝国語は分かります？」

「あ……、いや」

当惑した皇帝が口ごもっている間にサインを書き上げたエリスは、本を手渡しながら他のファンにするようにニコリと微笑んだ。

「来てくれて嬉しいです。これからも応援よろしくお願いします」

「…………ぅん」

皇帝は皇帝で、いつもとは違い作家とファンとして対面しているこのシチュエーションが余程刺激的だったのか、呆けたように頷く。

「ルークに言ってありますから、関係者用の部屋で待っていてください」

最後に付け足したエリスの小声にピクリと反応した皇帝は、夢から醒《さ》めたように目をパチパチさせると、フッと小さく微笑んだ。

皇帝のサイン会極秘参加に気を揉んでいたルークがいる方に向かっていく皇帝の背中を見ながら、エリスは心の中でそっと呟く。

(暴君のくせに。その笑顔は反則です、陛下)

『エリストラ先生、お顔が赤いですけど大丈夫ですか？』

次に並んでいた淑女からザハルーン語で話し掛けられたエリスは、慌てて表情を引き締める。

『あ……大丈夫です。今日はありがとうございます』

そうして最後の一人まで、エリスは感謝の心を込めてサインをし続けた。


「随分と楽しそうでしたけど。前に並んでいたあの女性と、いったい何を話していたのですか？」

サイン会の後、ルークとジェフリーを締め出して二人になった控え室で、エリスはご機嫌でサイン本を眺めている皇帝へ問い掛けた。

てっきり変装してサイン会に参加していたことを咎められると思っていた皇帝は、予想外の問いに一瞬面食らう。

「ん？　ああ、えっと……どうやら彼女はエリストラの大ファンらしくてな。これまで帝国語の本を自力で訳して読んでいたらしいのだが、これからは自国語で読めると大いに喜んでいた」

「…………それだけですか？」

追及するようなエリスの声音。

皇帝は会話の内容を思い出そうと腕を組んだ。

「あとはなんだ……エリストラの作品について色々と話し込んだ。つい話が弾んでしまい、好きなものを共有するためファンクラブに入りたがる人間の心理はこういうものかと思ったりしたものだ。相手も話が合って嬉しかったのか、やたらと俺についても聞いてきてな」

「ふぅん……？」

「どこから来ただとか、これから予定はあるかとか。適当に受け流しといたが」

「…………綺麗な女性でしたよね」

「そうか？　あまり顔は覚えていないが。美しいものに目がないお前が言うならそうなんだろうな」

それを聞いたエリスは、ツンとした態度でそっぽを向く。

「陛下はその美貌ですもの。暴君として有名でさえなければ、さぞおモテになるのでしょうね」

「なんだエリス、何か怒っているのか？」

「…………別に。陛下の奇行はいつものことですから。今さら怒ったりしませんわ。見知らぬ女性と笑顔で話すなんて陛下らしくないことをなさっても特に気にしてなんかいません」

やたらとツンケンしたその態度。

加えて先ほどの女性を妙に気にするエリスの言動。

皇帝は既視感を覚えて首を傾げた。

こんな展開を小説で読んだ気がする。

そしてあることが閃いた皇帝は、思いついたままを口にした。

「まさか、ヤキモチか？」

「…………ッ！」

一瞬にして固まった空気。

ピクリと跳ねたエリスの肩。

数秒の沈黙の後、エリスはゆっくりと振り向いた。

「…………そうですが。いけませんか？」

その頬は赤く膨《ふく》れていた。

「うっ」

「陛下？」

胸を押さえて急に蹲《うずくま》る皇帝。

「うわぁ、なんだこれは……」

「どうされたのです？」

「心臓が痛い」

「え？　大丈夫ですか？」

「苦しい。擽《くすぐ》ったい。胸がジンジンする。俺はこのまま死ぬのか？」

「何を言ってるんですか！　今すぐ医者を呼びましょう！」

「いや、そうではなくて……」

慌てて人を呼びに行こうとしたエリスの手を摑まえて、皇帝は真っ赤な顔を向けた。

「好きな女にヤキモチを妬《や》かれたらこんな気持ちになるんだな。嬉しくて擽ったくて、どうにかなりそうだ」

「…………なっ！　何を言い出すんですか、もう！」

嬉しそうに細まっていく赤い瞳に堪えられず、エリスは思い切り皇帝の背中を叩いたのだった。

◆

ザハルーン王国滞在の最後の夜、エリスは帰国前にどうしても見せたいものがあり皇帝を誘った。

「陛下、せっかくですから砂漠の夜空を見に行きませんか？」

「夜空を？」

ジェフリーや護衛達に話を通し、エリスは事前に許可をもらっていた宮殿の中庭へ皇帝を連れ出した。

オアシスとなっている中庭は美しく整備され、とても静かだ。

「砂漠の夜は冷え込むと聞いていたが、昼間の灼熱《しゃくねつ》が嘘《うそ》のようだな」

エリスの肩に上着をかけてやりながら、皇帝は息を吐く。

「でもその分、空気が澄んでいて星が綺麗《きれい》ではありませんか？」

言われて見上げると、満天の星が頭上に煌めいているではないか。

息を呑むようなその光景にしばし見惚《みほ》れていた皇帝は、感動のままそっと呟いた。

「……お前の小説の中で読んだ景色はまるで目の前に広がっているような臨場感がある。その中で砂漠の夜空も登場するから見た気になっていたが、実物を目にするのはこうも違うのだな」

夜空から目が離せない皇帝を微笑ましく思いながら、エリスは声を弾ませる。

「そうでしょう？　やはり実際に目にするのと想像するのでは違うものです。どんなに言葉を尽くしても得られない感覚が、実際の景色にはあるのですから。陛下なら気に入ってくださると思ってました」

「ああ。気に入った。……目にすることができて良かった。俺は今まで、こんなに美しい光景を知らずに生きてきたんだな」

血のように赤い瞳に輝く星を反射させる横顔が子供のように見えて、エリスの心をくすぐっていく。

「次は海の見える地域に行くのはどうでしょうか？」

「ほう。確か、小説の中で騎士と王女が逃避行した海辺にはモデルがあると言っていたよな。そこに行くのか？」

「はい。あの海も日差しを反射するとキラキラ輝いてとても綺麗なんです。ぜひ陛下にお見せしたいです」

冷え始めた皇帝の手を取り笑うエリスは、満天の星よりもずっと美しかった。

分厚い眼鏡《めがね》を掛けていようと、皇帝にとってエリスより美しく思えるものはこの世にありはしない。

「なぁ、エリス。俺は……」

「はい？」

指先を温めるように擦《さす》ってくれるエリスを見下ろしながら、皇帝は静かに話し出す。

「俺ばかりがお前を好きなのだと思っていた」

「え？」

予想外の言葉に眼鏡の下の目を見開くエリス。

「お前が婚姻誓約書にサインしたのは、あの時の状況が切迫していたからだろう。だからお前が皇后となってからも、仕方なく一緒にいてくれているのではないかと思うことがあった」

皇帝がそんなふうに考えていたことに驚いたエリスは、確かに今まで正面から彼への気持ちを告げたことがないと思い至って息を呑む。

「この前のサイン会でお前が嫉妬してくれて、本当に嬉しかったんだ。それに今日だって。この夜空を見せたいと思ってくれて。お前もほんの少しくらいは、俺のことを好きでいてくれるのかと思うと嬉しくて仕方がない」

薄闇の中で妖《あや》しく光る赤い瞳に熱を宿しながら、皇帝はまっすぐにエリスを見ていた。

その言葉や瞳に突き動かされて、エリスの口から思わず本音が漏れる。

「あなたは本当に……可愛《かわい》いんだから」

「なっ、なんだ可愛いとはっ！　この俺様のことを貶《けな》してるのか？」

エリスの言葉の真意が分からず怒り出した皇帝に、エリスはクスクスと笑い出した。

「違いますよ。いいですか、陛下。女というのは――」

爪先で立ち、そっと皇帝の耳元に向けてエリスは囁《ささや》きを吹き込んだ。

「――惚《ほ》れた男が可愛く見えるものなのです」

「なっ……！」

真っ赤になって耳を押さえた皇帝は、信じられない表情でエリスを見た。

「ほら。小説の中であの王女だって、冷血騎士のことを可愛いと言っていたでしょう？」

当たり前のように言われた皇帝は、呆然としながら愛読書の内容を思い返してみる。

「確かに。そんな場面があったな」

何度も何度も読み返した小説のストーリーを熟知している皇帝は、王女が騎士に向けて愛おしそうに『可愛い』と呟く場面を思い出しながら頷いた。

「ね？　ですから、私はあなたが可愛くて仕方ありません」

点と点を結ぶように、ゆっくりと皇帝はエリスの言葉の意味を理解していく。

「エリス……。それはつまり……」

「好きですよ」

透けるような寒空に、その一言はよく響いた。

「私は陛下が好きです」

固まる夫を愛おしく思いながら、エリスは冷えた指先を絡ませる。

「心からお慕いしています」

この際だからと、心の内を全て曝《さら》け出すエリス。

「あなたを愛しています」

「…………ッ」

繋いでいない方の片手で目元を覆った皇帝に、エリスは思わず呟いてしまう。

「ああ、もう。陛下はどうしてそう可愛らしいのですか」

皇帝の頬を伝う涙を拭いながら、エリスは優しく声を掛ける。

「誰かからそんなふうに言われたのは初めてだ」

泣いている自覚があるのかないのか、鼻を赤くした皇帝は戸惑ったように震える声でそう言った。

その言葉の奥にある皇帝の……暴君と呼ばれ続けたアデルバートの孤独な半生に思いを馳《は》せて、エリスは思い切り彼を抱き締める。

「……私が一緒にいたくているのです。義務でもなければ、妥協でもありません。私はそこまでお人好しなんかじゃないので」

星影に照らされて微笑むエリスは、皇帝にとってこの世の何よりも美しく得難いオアシスそのものだった。

ファンレターはこちらの宛先までお送りください。

〒110-0015　東京都台東区東上野2-8-7
笠倉出版社　Niμ編集部

sasasa 先生／茲助 先生

地味令嬢ですが、暴君陛下が私の（小説の）ファンらしいです。

2024年11月1日　初版第1刷発行

著 者
sasasa

発 行 者
笠倉伸夫

発 行 所
株式会社　笠倉出版社
〒110-0015　東京都台東区東上野2-8-7
[営業]TEL　0120-984-164
[編集]TEL　03-4355-1103

印 刷
株式会社　光邦

装 丁
AFTERGLOW

ISBN　978-4-7730-6448-3
Printed in Japan